DE LA TERRE
A
LA LUNE

LES VOYAGES EXTRAORDINAIRES
couronnés par l'Académie française.

DE LA TERRE A LA LUNE

TRAJET DIRECT
EN 97 HEURES 20 MINUTES

PAR

JULES VERNE

41 DESSINS ET UNE CARTE PAR DE MONTAUT

BIBLIOTHÈQUE
D'ÉDUCATION ET DE RÉCRÉATION
J. HETZEL ET Cie, 18, RUE JACOB
PARIS

I

LE GUN-CLUB

Pendant la guerre fédérale des États-Unis,
un nouveau club très influent s'établit dans
la ville de Baltimore, en plein Maryland. On
sait avec quelle énergie l'instinct militaire
se développa chez ce peuple d'armateurs, de
marchands et de mécaniciens. De simples
négociants enjambèrent leur comptoir pour
s'improviser capitaines, colonels, généraux,

sans avoir passé par les écoles d'application de West-Point[1]; ils égalèrent bientôt dans « l'art de la guerre » leurs collègues du vieux continent, et comme eux ils remportèrent des victoires à force de prodiguer les boulets, les millions et les hommes.

Mais en quoi les Américains surpassèrent singulièrement les Européens, ce fut dans la science de la balistique. Non que leurs armes atteignissent un plus haut degré de perfection, mais elles offrirent des dimensions inusitées, et eurent par conséquent des portées inconnues jusqu'alors. En fait de tirs rasants, plongeants ou de plein fouet, de feux d'écharpe, d'enfilade ou de revers, les Anglais, les Français, les Prussiens, n'ont plus rien à apprendre; mais leurs canons, leurs obusiers, leurs mortiers ne sont que des pistolets de poche auprès des formidables engins de l'artillerie américaine.

Ceci ne doit étonner personne. Les Yankees, ces premiers mécaniciens du monde, sont ingénieurs, comme les Italiens sont musiciens et les Allemands métaphysiciens, — de naissance. Rien de plus naturel, dès lors, que de

---

1. École militaire des États-Unis.

les voir apporter dans la science de la balistique leur audacieuse ingéniosité. De là ces
canons gigantesques, beaucoup moins utiles
que les machines à coudre, mais aussi éton-
nants et encore plus admirés. On connaît
en ce genre les merveilles de Parrott, de
Dahlgreen, de Rodman. Les Armstrong, les
Pallisser et les Treuille de Beaulieu n'eurent plus
qu'à s'incliner devant leurs rivaux d'outre-mer.

Donc, pendant cette terrible lutte des Nor-
distes et des Sudistes, les artilleurs tinrent le
haut du pavé; les journaux de l'Union célé-
braient leurs inventions avec enthousiasme,
et il n'était si mince marchand, si naïf « booby[1] »,
qui ne se cassât jour et nuit la tête à calculer
des trajectoires insensées.

Or, quand un Américain a une idée, il
cherche un second Américain qui la partage.
Sont-ils trois, ils élisent un président et deux
secrétaires. Quatre, ils nomment un archiviste,
et le bureau fonctionne. Cinq, ils se convoquent
en assemblée générale, et le club est constitué.
Ainsi arriva-t-il à Baltimore. Le premier qui
inventa un nouveau canon s'associa avec le

---

1. Badaud.

premier qui le fondit et le premier qui le fora. Tel fut le noyau du Gun-Club[1]. Un mois après sa formation, il comptait dix-huit cent trente-trois membres effectifs et trente mille cinq cent soixante-quinze membres correspondants.

Une condition *sine qua non* était imposée à toute personne qui voulait entrer dans l'association, la condition d'avoir imaginé ou, tout au moins, perfectionné un canon; à défaut de canon, une arme à feu quelconque. Mais, pour tout dire, les inventeurs de revolvers à quinze coups, de carabines pivotantes ou de sabres-pistolets ne jouissaient pas d'une grande considération. Les artilleurs les primaient en toute circonstance.

« L'estime qu'ils obtiennent, dit un jour un des plus savants orateurs du Gun-Club, est proportionnelle « aux masses » de leur canon, et « en raison directe du carré des distances » atteintes par leurs projectiles! »

Un peu plus, c'était la loi de Newton sur la gravitation universelle transportée dans l'ordre moral.

---

1. Littéralement « Club-Canon ».

Le Gun-Club fondé, on se figure aisément ce que produisit en ce genre le génie inventif des Américains. Les engins de guerre prirent des proportions colossales, et les projectiles allèrent, au-delà des limites permises, couper en deux les promeneurs inoffensifs. Toutes ces inventions laissèrent loin derrière elles les timides instruments de l'artillerie européenne. Qu'on en juge par les chiffres suivants.

Jadis, « au bon temps », un boulet de trente-six, à une distance de trois cents pieds, traversait trente-six chevaux pris de flanc et soixante-huit hommes. C'était l'enfance de l'art. Depuis lors, les projectiles ont fait du chemin. Le canon Rodman, qui portait à sept milles[1] un boulet pesant une demi-tonne[2], aurait facilement renversé cent cinquante chevaux et trois cents hommes. Il fut même question au Gun-Club d'en faire une épreuve solennelle. Mais, si les chevaux consentirent à tenter l'expérience, les hommes firent malheureusement défaut.

1. Le mille vaut 1 609 mètres 31 centimètres. Cela fait donc près de trois lieues.
2. Cinq cents kilogrammes.

Quoi qu'il en soit, l'effet de ces canons était très meurtrier, et à chaque décharge les combattants tombaient comme des épis sous la faux. Que signifiaient, auprès de tels projectiles, ce fameux boulet qui, à Coutras, en 1587, mit vingt-cinq hommes hors de combat, et cet autre qui, à Zorndoff, en 1758, tua quarante fantassins, et, en 1742, ce canon autrichien de Kesselsdorf, dont chaque coup jetait soixante-dix ennemis par terre ? Qu'étaient ces feux surprenants d'Iéna ou d'Austerlitz qui décidaient du sort de la bataille ? On en avait vu bien d'autres pendant la guerre fédérale ! Au combat de Gettysburg, un projectile conique lancé par un canon rayé atteignit cent soixante-treize confédérés ; et, au passage du Potomac, un boulet Rodman envoya deux cent quinze Sudistes dans un monde évidemment meilleur. Il faut mentionner également un mortier formidable inventé par J.-T. Maston, membre distingué et secrétaire perpétuel du Gun-Club, dont le résultat fut bien autrement meurtrier, puisque, à son coup d'essai, il tua trois cent trente-sept personnes, — en éclatant, il est vrai !

Qu'ajouter à ces nombres si éloquents par

eux-mêmes? Rien. Aussi admettra-t-on sans conteste le calcul suivant, obtenu par le statisticien Pitcairn : en divisant le nombre des victimes tombées sous les boulets par celui des membres du Gun-Club, il trouva que chacun de ceux-ci avait tué pour son compte une « moyenne » de deux mille trois cent soixante-quinze hommes et une fraction.

A considérer un pareil chiffre, il est évident que l'unique préoccupation de cette société savante fut la destruction de l'humanité dans un but philantropique, et le perfectionnement des armes de guerre, considérées comme instruments de civilisation.

C'était une réunion d'Anges Exterminateurs, au demeurant les meilleurs fils du monde.

Il faut ajouter que ces Yankees, braves à toute épreuve, ne s'en tinrent pas seulement aux formules et qu'ils payèrent de leur personne. On comptait parmi eux des officiers de tout grade, lieutenants ou généraux, des militaires de tout âge, ceux qui débutaient dans la carrière des armes et ceux qui vieillissaient sur leur affût. Beaucoup restèrent sur le champ de bataille dont les noms figuraient au livre d'honneur du Gun-Club, et de ceux

qui revinrent la plupart portaient les marques
de leur indiscutable intrépidité. Béquilles,
jambes de bois, bras articulés, mains à crochets,
mâchoires en caoutchouc, crânes en argent,
nez en platine, rien ne manquait à la collection,
et le susdit Pitcairn calcula également que,
dans le Gun-Club, il n'y avait pas tout à fait
un bras pour quatre personnes, et seulement
deux jambes pour six.

Mais ces vaillants artilleurs n'y regardaient
pas de si près, et ils se sentaient fiers à bon
droit, quand le bulletin d'une bataille relevait
un nombre de victimes décuple de la quantité
de projectiles dépensés.

Un jour, pourtant, triste et lamentable
jour, la paix fut signée par les survivants de
la guerre, les détonations cessèrent peu à peu,
les mortiers se turent, les obusiers muselés
pour longtemps et les canons, la tête basse,
rentrèrent aux arsenaux, les boulets s'empi-
lèrent dans les parcs, les souvenirs sanglants
s'effacèrent, les cotonniers poussèrent magni-
fiquement sur les champs largement engraissés,
les vêtements de deuil achevèrent de s'user
avec les douleurs, et le Gun-Club demeura
plongé dans un désœuvrement profond.

Les artilleurs du Gun-Club. (Page 8.)

Certains piocheurs, des travailleurs acharnés, se livraient bien encore à des calculs de balistique ; ils rêvaient toujours de bombes gigantesques et d'obus incomparables. Mais, sans la pratique, pourquoi ces vaines théories ? Aussi les salles devenaient désertes, les domestiques dormaient dans les antichambres, les journaux moisissaient sur les tables, les coins obscurs retentissaient de ronflements tristes, et les membres du Gun-Club, jadis si bruyants, maintenant réduits au silence par une paix désastreuse, s'endormaient dans les rêveries de l'artillerie platonique !

« C'est désolant, dit un soir le brave Tom Hunter, pendant que ses jambes de bois se carbonisaient dans la cheminée du fumoir. Rien à faire ! rien à espérer ! Quelle existence fastidieuse ! Où est le temps où le canon vous réveillait chaque matin par ses joyeuses détonations ?

— Ce temps-là n'est plus, répondit le fringant Bilsby, en cherchant à se détirer les bras qui lui manquaient. C'était un plaisir alors ! On inventait son obusier, et, à peine fondu, on courait l'essayer devant l'ennemi ; puis on rentrait au camp avec un encouragement de

Sherman ou une poignée de main de Mac-
Clellan! Mais, aujourd'hui, les généraux sont
retournés à leur comptoir, et, au lieu de
projectiles, ils expédient d'inoffensives balles
de coton! Ah! par sainte Barbe! l'avenir de
l'artillerie est perdu en Amérique!

— Oui, Bilsby, s'écria le colonel Blomsberry,
voilà de cruelles déceptions! Un jour on quitte
ses habitudes tranquilles, on s'exerce au manie-
ment des armes, on abandonne Baltimore
pour les champs de bataille, on se conduit
en héros, et, deux ans, trois ans plus tard,
il faut perdre le fruit de tant de fatigues,
s'endormir dans une déplorable oisiveté et
fourrer ses mains dans ses poches. »

Quoi qu'il pût dire, le vaillant colonel eût
été fort empêché de donner une pareille
marque de son désœuvrement, et cependant,
ce n'étaient pas les poches qui lui manquaient.

« Et nulle guerre en perspective! dit alors
le fameux J.-T. Maston, en grattant de son
crochet de fer son crâne en gutta-percha.
Pas un nuage à l'horizon, et cela quand il y
a tant à faire dans la science de l'artillerie!
Moi qui vous parle, j'ai terminé ce matin une
épure, avec plan, coupe et élévation, d'un

mortier destiné à changer les lois de la guerre!

— Vraiment? répliqua Tom Hunter, en songeant involontairement au dernier essai de l'honorable J.-T. Maston.

— Vraiment, répondit celui-ci. Mais à quoi serviront tant d'études menées à bonne fin, tant de difficultés vaincues? N'est-ce pas travailler en pure perte? Les peuples du Nouveau Monde semblent s'être donné le mot pour vivre en paix, et notre belliqueux *Tribune*[1] en arrive à pronostiquer de prochaines catastrophes dues à l'accroissement scandaleux des populations!

— Cependant, Maston, reprit le colonel Blomsberry, on se bat toujours en Europe pour soutenir le principe des nationalités!

— Eh bien?

— Eh bien! il y aurait peut-être quelque chose à tenter là-bas, et si l'on acceptait nos services...

— Y pensez-vous? s'écria Bilsby. Faire de la balistique au profit des étrangers!

— Cela vaudrait mieux que de n'en pas faire du tout, riposta le colonel.

---

1. Le plus fougueux journal abolitionniste de l'Union.

— Sans doute, dit J.-T. Maston, cela vaudrait mieux, mais il ne faut même pas songer à cet expédient.

— Et pourquoi cela? demanda le colonel.

— Parce qu'ils ont dans le Vieux Monde des idées sur l'avancement qui contrarieraient toutes nos habitudes américaines. Ces gens-là ne s'imaginent pas qu'on puisse devenir général en chef avant d'avoir servi comme sous-lieutenant, ce qui reviendrait à dire qu'on ne saurait être bon pointeur à moins d'avoir fondu le canon soi-même! Or, c'est tout simplement...

— Absurde! répliqua Tom Hunter en déchiquetant les bras de son fauteuil à coups de « bowie-knife[1] », et puisque les choses en sont là, il ne nous reste plus qu'à planter du tabac ou à distiller de l'huile de baleine!

— Comment! s'écria J.-T. Maston d'une voix retentissante, ces dernières années de notre existence, nous ne les emploierons pas au perfectionnement des armes à feu! Une nouvelle occasion ne se rencontrera pas d'essayer la portée de nos projectiles! L'atmo-

---

1. Couteau à large lame.

sphère ne s'illuminera plus sous l'éclair de nos canons! Il ne surgira pas une difficulté internationale qui nous permette de déclarer la guerre à quelque puissance transatlantique! Les Français ne couleront pas un seul de nos steamers, et les Anglais ne pendront pas, au mépris du droit des gens, trois ou quatre de nos nationaux!

— Non, Maston, répondit le colonel Bloms-berry, nous n'aurons pas ce bonheur! Non! pas un de ces incidents ne se produira, et, se produisît-il, nous n'en profiterions même pas! La susceptibilité américaine s'en va de jour en jour, et nous tombons en quenouille!

— Oui, nous nous humilions! répliqua Bilsby.

— Et on nous humilie! riposta Tom Hunter.

— Tout cela n'est que trop vrai, répliqua J.-T. Maston avec une nouvelle véhémence. Il y a dans l'air mille raisons de se battre et l'on ne se bat pas! On économise des bras et des jambes, et cela au profit de gens qui n'en savent que faire! Et tenez, sans chercher si loin un motif de guerre, l'Amérique du Nord n'a-t-elle pas appartenu autrefois aux Anglais?

— Sans doute, répondit Tom Hunter en tisonnant avec rage du bout de sa béquille.

— Eh bien! reprit J.-T. Maston, pourquoi l'Angleterre à son tour n'appartiendrait-elle pas aux Américains?

— Ce ne serait que justice, riposta le colonel Blomsberry.

— Allez proposer cela au président des États-Unis, s'écria J.-T. Maston, et vous verrez comme il vous recevra!

— Il nous recevra mal, murmura Bilsby entre les quatre dents qu'il avait sauvées de la bataille.

— Par ma foi, s'écria J.-T. Maston, aux prochaines élections il n'a que faire de compter sur ma voix!

— Ni sur les nôtres, répondirent d'un commun accord ces belliqueux invalides.

— En attendant, reprit J.-T. Maston, et pour conclure, si l'on ne me fournit pas l'occasion d'essayer mon nouveau mortier sur un vrai champ de bataille, je donne ma démission de membre du Gun-Club, et je cours m'enterrer dans les savanes de l'Arkansas!

— Nous vous y suivrons », répondirent les interlocuteurs de l'audacieux J.-T. Maston.

Or, les choses en étaient là, les esprits se montaient de plus en plus, et le club était menacé d'une dissolution prochaine, quand un événement inattendu vint empêcher cette regrettable catastrophe.

Le lendemain même de cette conversation, chaque membre du cercle recevait une circulaire libellée en ces termes :

Baltimore, 3 octobre.

Le président du Gun-Club a l'honneur de prévenir ses collègues qu'à la séance du 5 courant il leur fera une communication de nature à les intéresser vivement. En conséquence, il les prie, toute affaire cessante, de se rendre à l'invitation qui leur est faite par la présente.

Très cordialement leur
IMPEY BARBICANE, P. G.-C.

II

COMMUNICATION
DU PRÉSIDENT BARBICANE

LE 5 octobre, à huit heures du soir, une foule
compacte se pressait dans les salons du Gun-
Club, 21, Union-Square. Tous les membres
du cercle résidant à Baltimore s'étaient rendus
à l'invitation de leur président. Quant aux
membres correspondants, les express les débar-
quaient par centaines dans les rues de la ville,
et si grand que fût le « hall » des séances,
ce monde de savants n'avait pu y trouver
place; aussi refluait-il dans les salles voisines,
au fond des couloirs et jusqu'au milieu des
cours extérieures; là, il rencontrait le simple
populaire qui se pressait aux portes, chacun
cherchant à gagner les premiers rangs,
tous avides de connaître l'importante
communication du président Barbicane,
se poussant, se bousculant, s'écrasant avec
cette liberté d'action particulière aux masses

élevées dans les idées du « self govern-
ment[1] ».

Ce soir-là, un étranger qui se fût trouvé à
Baltimore n'eût pas obtenu, même à prix
d'or, de pénétrer dans la grande salle ; celle-ci
était exclusivement réservée aux membres
résidants ou correspondants ; nul autre n'y
pouvait prendre place, et les notables de la cité,
les magistrats du conseil des selectmen[2] avaient
dû se mêler à la foule de leurs administrés,
pour saisir au vol les nouvelles de l'intérieur.

Cependant l'immense « hall » offrait aux
regards un curieux spectacle. Ce vaste local
était merveilleusement approprié à sa destination. De hautes colonnes formées de canons
superposés auxquels d'épais mortiers servaient
de base soutenaient les fines armatures de la
voûte, véritables dentelles de fonte frappées
à l'emporte-pièce. Des panoplies d'espingoles,
de tromblons, d'arquebuses, de carabines,
de toutes les armes à feu anciennes ou modernes s'écartelaient sur les murs dans un
entrelacement pittoresque. Le gaz sortait à

---

1. Gouvernement personnel.
2. Administrateurs de la ville élus par la population.

pleine flamme d'un millier de revolvers groupés
en forme de lustres, tandis que des girandoles
de pistolets et des candélabres faits de fusils
réunis en faisceaux, complétaient ce splendide
éclairage. Les modèles de canons, les échantillons de bronze, les mires criblées de coups,
les plaques brisées au choc des boulets du
Gun-Club, les assortiments de refouloirs et
d'écouvillons, les chapelets de bombes, les
colliers de projectiles, les guirlandes d'obus,
en un mot, tous les outils de l'artilleur surpre-
naient l'œil par leur étonnante disposition
et laissaient à penser que leur véritable destination était plus décorative que meurtrière.

A la place d'honneur, on voyait, abrité
par une splendide vitrine, un morceau de
culasse, brisé et tordu sous l'effort de la poudre,
précieux débris du canon de J.-T. Maston.

A l'extrémité de la salle, le président,
assisté de quatre secrétaires, occupait une
large esplanade. Son siège, élevé sur un affût
sculpté, affectait dans son ensemble les formes
puissantes d'un mortier de trente-deux pouces;
il était braqué sous un angle de quatre-vingt-
dix degrés et suspendu à des tourillons, de
telle sorte que le président pouvait lui imprimer,

comme aux « rocking-chairs[1] », un balancement fort agréable par les grandes chaleurs.
Sur le bureau, vaste plaque de tôle supportée
par six caronades, on voyait un encrier d'un
goût exquis, fait d'un biscaïen délicieusement
ciselé, et un timbre à détonation qui éclatait,
à l'occasion, comme un revolver. Pendant
les discussions véhémentes, cette sonnette d'un
nouveau genre suffisait à peine à couvrir la
voix de cette légion d'artilleurs surexcités.

Devant le bureau, des banquettes disposées
en zigzags, comme les circonvallations d'un
retranchement, formaient une succession de
bastions et de courtines où prenaient place
tous les membres du Gun-Club, et ce soir-là,
on peut le dire, « il y avait du monde sur les
remparts ». On connaissait assez le président
pour savoir qu'il n'eût pas dérangé ses collègues
sans un motif de la plus haute gravité.

Impey Barbicane était un homme de quarante ans, calme, froid, austère, d'un esprit
éminemment sérieux et concentré; exact comme
un chronomètre, d'un tempérament à toute
épreuve, d'un caractère inébranlable; peu

---

1. Chaises à bascule en usage aux États-Unis.

Le président Barbicane. (Page 20.)

chevaleresque, aventureux cependant, mais
apportant des idées pratiques jusque dans
ses entreprises les plus téméraires; l'homme
par excellence de la Nouvelle-Angleterre,
le Nordiste colonisateur, le descendant de
ces Têtes-Rondes si funestes aux Stuarts,
et l'implacable ennemi des gentlemen du
Sud, ces anciens Cavaliers de la mère patrie.
En un mot, un Yankee coulé d'un seul bloc.

Barbicane avait fait une grande fortune
dans le commerce des bois; nommé directeur
de l'artillerie pendant la guerre, il se montra
fertile en inventions; audacieux dans ses idées,
il contribua puissamment aux progrès de cette
arme, et donna aux choses expérimentales
un incomparable élan.

C'était un personnage de taille moyenne,
ayant, par une rare exception dans le Gun-
Club, tous ses membres intacts. Ses traits
accentués semblaient tracés à l'équerre et
au tire-ligne, et s'il est vrai que, pour deviner
les instincts d'un homme, on doive le regarder
de profil, Barbicane, vu ainsi, offrait les
indices les plus certains de l'énergie, de l'audace et du sang-froid.

En cet instant, il demeurait immobile dans

son fauteuil, muet, absorbé, le regard en dedans, abrité sous son chapeau à haute forme, cylindre de soie noire qui semble vissé sur les crânes américains.

Ses collègues causaient bruyamment autour de lui sans le distraire; ils s'interrogeaient, ils se lançaient dans le champ des suppositions, ils examinaient leur président et cherchaient, mais en vain, à dégager l'X de son imperturbable physionomie.

Lorsque huit heures sonnèrent à l'horloge fulminante de la grande salle, Barbicane, comme s'il eût été mû par un ressort, se redressa subitement; il se fit un silence général, et l'orateur, d'un ton un peu emphatique, prit la parole en ces termes :

« Braves collègues, depuis trop longtemps déjà une paix inféconde est venue plonger les membres du Gun-Club dans un regrettable désœuvrement. Après une période de quelques années, si pleine d'incidents, il a fallu abandonner nos travaux et nous arrêter net sur la route du progrès. Je ne crains pas de le proclamer à haute voix, toute guerre qui nous remettrait les armes à la main serait bien venue...

— Oui, la guerre! s'écria l'impétueux
J.-T. Maston.

— Écoutez! écoutez! répliqua-t-on de toutes
parts.

— Mais la guerre, dit Barbicane, la guerre
est impossible dans les circonstances actuelles,
et, quoi que puisse espérer mon honorable
interrupteur, de longues années s'écouleront
encore avant que nos canons tonnent sur
un champ de bataille. Il faut donc en prendre
son parti et chercher dans un autre ordre
d'idées un aliment à l'activité qui nous
dévore! »

L'assemblée sentit que son président allait
aborder le point délicat. Elle redoubla d'attention.

« Depuis quelques mois, mes braves collègues, reprit Barbicane, je me suis demandé
si, tout en restant dans notre spécialité, nous
ne pourrions pas entreprendre quelque grande
expérience digne du XIXe siècle, et si les progrès de la balistique ne nous permettraient
pas de la mener à bonne fin. J'ai donc cherché,
travaillé, calculé, et de mes études est résultée
cette conviction que nous devons réussir dans
une entreprise qui paraîtrait impraticable à

tout autre pays. Ce projet, longuement élaboré, va faire l'objet de ma communication; il est digne de vous, digne du passé du Gun-Club, et il ne pourra manquer de faire du bruit dans le monde!

— Beaucoup de bruit? s'écria un artilleur passionné.

— Beaucoup de bruit dans le vrai sens du mot, répondit Barbicane.

— N'interrompez pas! répétèrent plusieurs voix.

— Je vous prie donc, braves collègues, reprit le président, de m'accorder toute votre attention. »

Un frémissement courut dans l'assemblée. Barbicane, ayant d'un geste rapide assuré son chapeau sur sa tête, continua son discours d'une voix calme :

« Il n'est aucun de vous, braves collègues, qui n'ait vu la Lune, ou tout au moins, qui n'en ait entendu parler. Ne vous étonnez pas si je viens vous entretenir ici de l'astre des nuits. Il nous est peut-être réservé d'être les Colombs de ce monde inconnu. Comprenez-moi, secondez-moi de tout votre pouvoir, je vous mènerai à sa conquête, et son nom se

La séance du Gun-Club. (Page 23.)

joindra à ceux des trente-six États qui forment ce grand pays de l'Union!

— Hurrah pour la Lune! s'écria le Gun-Club d'une seule voix.

— On a beaucoup étudié la Lune, reprit Barbicane; sa masse, sa densité, son poids, son volume, sa constitution, ses mouvements, sa distance, son rôle dans le monde solaire, sont parfaitement déterminés; on a dressé des cartes sélénographiques[1] avec une perfection qui égale, si même elle ne surpasse pas, celle des cartes terrestres; la photographie a donné de notre satellite des épreuves d'une incomparable beauté[2]. En un mot, on sait de la Lune tout ce que les sciences mathématiques, l'astronomie, la géologie, l'optique peuvent en apprendre; mais jusqu'ici il n'a jamais été établi de communication directe avec elle. »

Un violent mouvement d'intérêt et de surprise accueillit ces paroles.

« Permettez-moi, reprit-il, de vous rappeler

---

1. De σελήνη, mot grec qui signifie Lune.
2. Voir les magnifiques clichés de la Lune, obtenus par M. Waren de la Rue.

en quelques mots comment certains esprits
ardents, embarqués pour des voyages imagi-
naires, prétendirent avoir pénétré les secrets
de notre satellite. Au XVIIe siècle, un certain
David Fabricius se vanta d'avoir vu de ses
yeux des habitants de la Lune. En 1649, un
Français, Jean Baudoin, publia le *Voyage fait
au monde de la Lune par Dominique Gonzalès,
aventurier espagnol*. A la même époque, Cyrano
de Bergerac fit paraître cette expédition
célèbre qui eut tant de succès en France. Plus
tard, un autre Français — ces gens-là s'occupent
beaucoup de la Lune —, le nommé Fontenelle,
écrivit la *Pluralité des Mondes*, un chef-d'œuvre
en son temps; mais la science, en marchant,
écrase même les chefs-d'œuvre! Vers 1835,
un opuscule traduit du *New York American*
raconta que Sir John Herschell, envoyé au
cap de Bonne-Espérance pour y faire des
études astronomiques, avait, au moyen d'un
télescope perfectionné par un éclairage intérieur, ramené la Lune à une distance de
quatre-vingts yards[1]. Alors il aurait aperçu
distinctement des cavernes dans lesquelles

---

1. Le yard vaut un peu moins que le mètre, soit 0,91 cm.

vivaient des hippopotames, de vertes montagnes frangées de dentelles d'or, des moutons aux cornes d'ivoire, des chevreuils blancs, des habitants avec des ailes membraneuses comme celles de la chauve-souris. Cette brochure, œuvre d'un Américain nommé Locke[1], eut un très grand succès. Mais bientôt on reconnut que c'était une mystification scientifique, et les Français furent les premiers à en rire.

— Rire d'un Américain! s'écria J.-T. Maston, mais voilà un *casus belli*!...

— Rassurez-vous, mon digne ami. Les Français, avant d'en rire, avaient été parfaitement dupes de notre compatriote. Pour terminer ce rapide historique, j'ajouterai qu'un certain Hans Pfaal de Rotterdam, s'élançant dans un ballon rempli d'un gaz tiré de l'azote, et trente-sept fois plus léger que l'hydrogène, atteignit la Lune après dix-neuf jours de traversée. Ce voyage, comme les tentatives précédentes, était simplement imaginaire, mais ce fut l'œuvre d'un écrivain populaire en

---

1. Cette brochure fut publiée en France par le républicain Laviron, qui fut tué au siège de Rome en 1840.

Amérique, d'un génie étrange et contemplatif. J'ai nommé Poe!

— Hurrah pour Edgard Poe! s'écria l'assemblée, électrisée par les paroles de son président.

— J'en ai fini, reprit Barbicane, avec ces tentatives que j'appellerai purement littéraires, et parfaitement insuffisantes pour établir des relations sérieuses avec l'astre des nuits. Cependant, je dois ajouter que quelques esprits pratiques essayèrent de se mettre en communication sérieuse avec lui. Ainsi, il y a quelques années, un géomètre allemand proposa d'envoyer une commission de savants dans les steppes de la Sibérie. Là, sur de vastes plaines, on devait établir d'immenses figures géométriques, dessinées au moyen de réflecteurs lumineux, entre autres le carré de l'hypoténuse, vulgairement appelé le « Pont aux ânes » par les Français. « Tout être intelligent, « disait le géomètre, doit comprendre la desti- « nation scientifique de cette figure. Les « Sélénites[1], s'ils existent, répondront par une « figure semblable, et la communication une « fois établie, il sera facile de créer un alphabet

––––––––––

1. Habitants de la Lune.

« qui permettra de s'entretenir avec les habi-
« tants de la Lune. » Ainsi parlait le géomètre
allemand, mais son projet ne fut pas mis à
exécution, et jusqu'ici aucun lien direct n'a
existé entre la Terre et son satellite. Mais
il est réservé au génie pratique des Américains
de se mettre en rapport avec le monde sidéral.
Le moyen d'y parvenir est simple, facile,
certain, immanquable, et il va faire l'objet de
ma proposition. »

Un brouhaha, une tempête d'exclamations
accueillit ces paroles. Il n'était pas un seul
des assistants qui ne fût dominé, entraîné,
enlevé par les paroles de l'orateur.

« Écoutez! écoutez! Silence donc! » s'écria-
t-on de toutes parts.

Lorsque l'agitation fut calmée, Barbicane
reprit d'une voix plus grave son discours
interrompu :

« Vous savez, dit-il, quels progrès la balistique a faits depuis quelques années et à quel
degré de perfection les armes à feu seraient
parvenues, si la guerre eût continué. Vous
n'ignorez pas non plus que, d'une façon
générale, la force de résistance des canons et
la puissance expansive de la poudre sont

illimitées. Eh bien! partant de ce principe,
je me suis demandé si, au moyen d'un appareil
suffisant, établi dans des conditions de résistance déterminées, il ne serait pas possible
d'envoyer un boulet dans la Lune. »

A ces paroles, un « oh! » de stupéfaction
s'échappa de mille poitrines haletantes; puis
il se fit un moment de silence, semblable à ce
calme profond qui précède les coups de
tonnerre. Et, en effet, le tonnerre éclata,
mais un tonnerre d'applaudissements, de cris,
de clameurs, qui fit trembler la salle des
séances. Le président voulait parler; il ne le
pouvait pas. Ce ne fut qu'au bout de dix
minutes qu'il parvint à se faire entendre.

« Laissez-moi achever, reprit-il froidement.
J'ai pris la question sous toutes ses faces, je
l'ai abordée résolument, et de mes calculs
indiscutables il résulte que tout projectile
doué d'une vitesse initiale de douze mille
yards[1] par seconde, et dirigé vers la Lune,
arrivera nécessairement jusqu'à elle. J'ai donc
l'honneur de vous proposer, mes braves collègues, de tenter cette petite expérience! »

---

1. Environ 11 000 mètres.

III

EFFET DE LA COMMUNICATION BARBICANE

Il est impossible de peindre l'effet produit par les dernières paroles de l'honorable président. Quels cris! quelles vociférations! quelle succession de grognements, de hurrahs, de « hip! hip! hip! » et de toutes ces onomatopées qui foisonnent dans la langue américaine! C'était un désordre, un brouhaha indescriptible! Les bouches criaient, les mains battaient, les pieds ébranlaient le plancher des salles. Toutes les armes de ce musée d'artillerie, partant à la fois, n'auraient pas agité plus violemment les ondes sonores. Cela ne peut surprendre. Il y a des canonniers presque aussi bruyants que leurs canons.

Barbicane demeurait calme au milieu de ces clameurs enthousiastes; peut-être voulait-il encore adresser quelques paroles à ses collègues, car ses gestes réclamèrent le silence, et son timbre fulminant s'épuisa en violentes détonations. On ne l'entendit même pas. Bientôt il fut arraché de son siège, porté en triomphe, et des mains de ses fidèles camarades il passa dans les bras d'une foule non moins surexcitée.

Rien ne saurait étonner un Américain. On a souvent répété que le mot « impossible » n'était pas français; on s'est évidemment trompé de dictionnaire. En Amérique, tout est facile, tout est simple, et quant aux difficultés mécaniques, elles sont mortes avant d'être nées. Entre le projet Barbicane et sa réalisation, pas un véritable Yankee ne se fût permis d'entrevoir l'apparence d'une difficulté. Chose dite, chose faite.

La promenade triomphale du président se prolongea dans la soirée. Une véritable marche aux flambeaux. Irlandais, Allemands, Français, Écossais, tous ces individus hétérogènes dont se compose la population du Maryland, criaient dans leur langue maternelle, et les vivats, les hurrahs, les bravos s'entremêlaient dans un inexprimable élan.

Précisément, comme si elle eût compris qu'il s'agissait d'elle, la Lune brillait alors avec une sereine magnificence, éclipsant de

La promenade aux flambeaux. (Page 34.)

son intense irradiation les feux environnants.
Tous les Yankees dirigeaient leurs yeux vers
son disque étincelant; les uns la saluaient
de la main, les autres l'appelaient des plus
doux noms; ceux-ci la mesuraient du regard,
ceux-là la menaçaient du poing; de huit
heures à minuit, un opticien de Jone's-Fall-
Street fit sa fortune à vendre des lunettes.
L'astre des nuits était lorgné comme une lady
de haute volée. Les Américains en agissaient
avec un sans-façon de propriétaires. Il semblait
que la blonde Phœbé appartînt à ces audacieux
conquérants et fît déjà partie du territoire de
l'Union. Et pourtant il n'était question que
de lui envoyer un projectile, façon assez brutale
d'entrer en relation, même avec un satellite,
mais fort en usage parmi les nations civilisées.

Minuit venait de sonner, et l'enthousiasme
ne baissait pas; il se maintenait à dose égale
dans toutes les classes de la population; le
magistrat, le savant, le négociant, le marchand,
le portefaix, les hommes intelligents aussi bien
que les gens « verts[1] », se sentaient remués

---

1. Expression tout à fait américaine pour désigner des
gens naïfs.

dans leur fibre la plus délicate; il s'agissait
là d'une entreprise nationale; aussi la ville
haute, la ville basse, les quais baignés par
les eaux du Patapsco, les navires emprisonnés
dans leurs bassins regorgeaient d'une foule
ivre de joie, de gin et de wisky; chacun conver-
sait, pérorait, discutait, disputait, approuvait,
applaudissait, depuis le gentleman noncha-
lamment étendu sur le canapé des bar-rooms
devant sa chope de sherry-cobbler[1], jusqu'au
waterman qui se grisait de « casse-poitrine[2] »
dans les sombres tavernes du Fells-Point.

Cependant, vers deux heures, l'émotion
se calma. Le président Barbicane parvint à
rentrer chez lui, brisé, écrasé, moulu. Un
hercule n'eût pas résisté à un enthousiasme
pareil. La foule abandonna peu à peu les
places et les rues. Les quatre rails-roads de
l'Ohio, de Susquehanna, de Philadelphie et
de Washington, qui convergent à Baltimore,

---

1. Mélange de rhum, de jus d'orange, de sucre, de
   cannelle et de muscade. Cette boisson de couleur
   jaunâtre s'aspire dans des chopes au moyen d'un
   chalumeau de verre. Les bar-rooms sont des espèces
   de cafés.
2. Boisson effrayante du bas peuple. Littéralement,
   en anglais : *thorough knock me down.*

jetèrent le public hexogène aux quatre coins
des États-Unis, et la ville se reposa dans une
tranquillité relative. .

Ce serait d'ailleurs une erreur de croire
que, pendant cette soirée mémorable, Baltimore fût seule en proie à cette agitation. Les
grandes villes de l'Union, New York, Boston,
Albany, Washington, Richmond, Crescent-
City[1], Charleston, la Mobile, du Texas au
Massachusetts, du Michigan aux Florides,
toutes prenaient leur part de ce délire. En
effet, les trente mille correspondants du Gun-
Club connaissaient la lettre de leur président,
et ils attendaient avec une égale impatience
la fameuse communication du 5 octobre.
Aussi, le soir même, à mesure que les paroles
s'échappaient des lèvres de l'orateur, elles
couraient sur les fils télégraphiques, à travers
les États de l'Union, avec une vitesse de deux
cent quarante-huit mille quatre cent quarante-
sept milles[2] à la seconde. On peut donc dire
avec une certitude absolue qu'au même instant les États-Unis d'Amérique, dix fois grands

---

1. Surnom de La Nouvelle-Orléans.
2. Cent mille lieues. C'est la vitesse de l'électricité.

comme la France, poussèrent un seul hurrah, et que vingt-cinq millions de cœurs, gonflés d'orgueil, battirent de la même pulsation.

Le lendemain, quinze cents journaux quotidiens, hebdomadaires, bi-mensuels ou mensuels, s'emparèrent de la question; ils l'examinèrent sous ses différents aspects physiques, météorologiques, économiques ou moraux, au point de vue de la prépondérance politique ou de la civilisation. Ils se demandèrent si la Lune était un monde achevé, si elle ne subissait plus aucune transformation. Ressemblait-elle à la Terre au temps où l'atmosphère n'existait pas encore? Quel spectacle présentait cette face invisible au sphéroïde terrestre? Bien qu'il ne s'agît encore que d'envoyer un boulet à l'astre des nuits, tous voyaient là le point de départ d'une série d'expériences; tous espéraient qu'un jour l'Amérique pénétrerait les derniers secrets de ce disque mystérieux, et quelques-uns même semblèrent craindre que sa conquête ne dérangeât sensiblement l'équilibre européen.

Le projet discuté, pas une feuille ne mit en doute sa réalisation; les recueils, les brochures, les bulletins, les « magazines » publiés

par les sociétés savantes, littéraires ou reli-
gieuses, en firent ressortir les avantages, et
« la Société d'Histoire naturelle » de Boston,
« la Société américaine des sciences et des
arts » d'Albany, « la Société géographique
et statistique » de New York, « la Société
philosophique américaine » de Philadelphie,
« l'Institution Smithsonienne » de Washington,
envoyèrent dans mille lettres leurs félicitations
au Gun-Club, avec des offres immédiates
de service et d'argent.

Aussi, on peut le dire, jamais proposition
ne réunit un pareil nombre d'adhérents;
d'hésitations, de doutes, d'inquiétudes, il ne
fut même pas question. Quant aux plaisanteries, aux caricatures, aux chansons qui
eussent accueilli en Europe, et particulièrement
en France, l'idée d'envoyer un projectile à
la Lune, elles auraient fort mal servi leur
auteur; tous les « lifepreservers[1] » du monde
eussent été impuissants à le garantir contre
l'indignation générale. Il y a des choses dont
on ne rit pas dans le Nouveau Monde. Impey

---

1. Arme de poche faite en baleine flexible et d'une
   boule de métal.

Barbicane devint donc, à partir de ce jour, un des plus grands citoyens des États-Unis, quelque chose comme le Washington de la science, et un trait, entre plusieurs, montrera jusqu'où allait cette inféodation subite d'un peuple à un homme.

Quelques jours après la fameuse séance du Gun-Club, le directeur d'une troupe anglaise annonça au théâtre de Baltimore la représentation de *Much ado about nothing*[1]. Mais la population de la ville, voyant dans ce titre une allusion blessante aux projets du président Barbicane, envahit la salle, brisa les banquettes et obligea le malheureux directeur à changer son affiche. Celui-ci, en homme d'esprit, s'inclinant devant la volonté publique, remplaça la malencontreuse comédie par *As you like it*[2], et, pendant plusieurs semaines, il fit des recettes phénoménales.

---

1. *Beaucoup de bruit pour rien*, une des comédies de Shakespeare.
2. *Comme il vous plaira*, de Shakespeare.

IV

RÉPONSE DE L'OBSERVATOIRE DE CAMBRIDGE

CEPENDANT Barbicane ne perdit pas un instant
au milieu des ovations dont il était l'objet.
Son premier soin fut de réunir ses collègues
dans les bureaux du Gun-Club. Là, après
discussion, on convint de consulter les astronomes sur la partie astronomique de l'entreprise ; leur réponse une fois connue, on discu-
terait alors les moyens mécaniques, et rien
ne serait négligé pour assurer le succès de cette
grande expérience.

Une note très précise, contenant des questions spéciales, fut donc rédigée et adressée
à l'Observatoire de Cambridge, dans le Massachusetts. Cette ville, où fut fondée la première
Université des États-Unis, est justement célèbre par son bureau astronomique. Là se
trouvent réunis des savants du plus haut
mérite ; là fonctionne la puissante lunette

L'Observatoire de Cambridge. (Page 42.)

qui permit à Bond de résoudre la nébuleuse
d'Andromède et à Clarke de découvrir le
satellite de Sirius. Cet établissement célèbre
justifiait donc à tous les titres la confiance
du Gun-Club.

Aussi, deux jours après, sa réponse, si
impatiemment attendue, arrivait entre les
mains du président Barbicane. Elle était
conçue en ces termes :

*Le Directeur de l'Observatoire de Cambridge
au Président du Gun-Club, à Baltimore.*

« Cambridge, 7 octobre.

« Au reçu de votre honorée du 6 courant,
adressée à l'Observatoire de Cambridge au
nom des membres du Gun-Club de Baltimore,
notre bureau s'est immédiatement réuni, et
il a jugé à propos[1] de répondre comme suit :

« Les questions qui lui ont été posées sont
celles-ci :

« 1º Est-il possible d'envoyer un projectile
dans la Lune ?

« 2º Quelle est la distance exacte qui sépare
la Terre de son satellite ?

---

1. Il y a dans le texte le mot *expédient*, qui est absolument intraduisible en français.

« 3° Quelle sera la durée du trajet du projectile auquel aura été imprimée une vitesse initiale suffisante, et, par conséquent, à quel moment devra-t-on le lancer pour qu'il rencontre la Lune en un point déterminé ?

« 4° A quel moment précis la Lune se présentera-t-elle dans la position la plus favorable pour être atteinte par le projectile ?

« 5° Quel point du ciel devra-t-on viser avec le canon destiné à lancer le projectile ?

« 6° Quelle place la Lune occupera-t-elle dans le ciel au moment où partira le projectile ?

« Sur la première question : — Est-il possible d'envoyer un projectile dans la Lune ?

« Oui, il est possible d'envoyer un projectile dans la Lune, si l'on parvient à animer ce projectile d'une vitesse initiale de douze mille yards par seconde. Le calcul démontre que cette vitesse est suffisante. A mesure que l'on s'éloigne de la Terre, l'action de la pesanteur diminue en raison inverse du carré des distances, c'est-à-dire que, pour une distance trois fois plus grande, cette action est neuf fois moins forte. En conséquence, la pesanteur du boulet décroîtra rapidement, et finira par

s'annuler complètement au moment où l'attraction de la Lune fera équilibre à celle de la
Terre, c'est-à-dire aux quarante-sept cinquante-
deuxièmes du trajet. En ce moment, le projectile ne pèsera plus, et, s'il franchit ce point,
il tombera sur la Lune par l'effet seul de
l'attraction lunaire. La possibilité théorique
de l'expérience est donc absolument démontrée;
quant à sa réussite, elle dépend uniquement
de la puissance de l'engin employé.

« Sur la deuxième question : — Quelle est
la distance exacte qui sépare la Terre de son
satellite ?

« La Lune ne décrit pas autour de la Terre
une circonférence, mais bien une ellipse dont
notre globe occupe l'un des foyers; de là cette
conséquence que la Lune se trouve tantôt
plus rapprochée de la Terre, et tantôt plus
éloignée, ou, en termes astronomiques, tantôt
dans son apogée, tantôt dans son périgée. Or,
la différence entre sa plus grande et sa plus
petite distance est assez considérable, dans
l'espèce, pour qu'on ne doive pas la négliger.
En effet, dans son apogée, la Lune est à deux
cent quarante-sept mille cinq cent cinquante-
deux milles (— 99 640 lieues de 4 kilomètres),

et dans son périgée à deux cent dix-huit mille six cent cinquante-sept milles seulement (— 88 010 lieues), ce qui fait une différence de vingt-huit mille huit cent quatre-vingt-quinze milles (— 11 630 lieues), ou plus du neuvième du parcours. C'est donc la distance périgéenne de la Lune qui doit servir de base aux calculs.

« Sur la troisième question : — Quelle sera la durée du trajet du projectile auquel aura été imprimée une vitesse initiale suffisante, et, par conséquent, à quel moment devra-t-on le lancer pour qu'il rencontre la Lune en un point déterminé ?

« Si le boulet conservait indéfiniment la vitesse initiale de douze mille yards par seconde qui lui aura été imprimée à son départ, il ne mettrait que neuf heures environ à se rendre à sa destination ; mais comme cette vitesse initiale ira continuellement en décroissant, il se trouve, tout calcul fait, que le projectile emploiera trois cent mille secondes, soit quatre-vingt-trois heures et vingt minutes, pour atteindre le point où les attractions terrestre et lunaire se font équilibre, et de ce point il tombera sur la Lune en cinquante mille secondes, ou treize heures cinquante-trois minutes et vingt secondes. Il conviendra donc de le lancer quatre-vingt-dix-sept heures treize minutes et vingt secondes avant l'arrivée de la Lune au point visé.

« Sur la quatrième question : — A quel moment précis la Lune se présentera-t-elle dans la position la plus favorable pour être atteinte par le projectile ?

« D'après ce qui vient d'être dit ci-dessus, il faut d'abord choisir l'époque où la Lune sera dans son périgée, et en même temps le moment où elle passera au zénith, ce qui diminuera encore le parcours d'une distance égale au rayon terrestre, soit trois mille neuf cent dix-neuf milles ; de telle sorte que le trajet définitif sera de deux cent quatorze mille neuf cent soixante-seize milles (— 86 410 lieues). Mais, si chaque mois la Lune passe à son périgée, elle ne se trouve pas toujours au zénith à ce moment. Elle ne se présente dans ces deux conditions qu'à de longs inter- valles. Il faudra donc attendre la coïncidence du passage au périgée et au zénith. Or, par une heureuse circonstance, le 4 décembre de l'année prochaine, la Lune offrira ces deux conditions : à minuit, elle sera dans son périgée, c'est-à-dire à sa plus courte distance de la Terre, et elle passera en même temps au zénith.

« Sur la cinquième question : — Quel point du ciel devra-t-on viser avec le canon destiné à lancer le projectile ?

« Les observations précédentes étant admises, le canon devra être braqué sur le zénith[1] du lieu ; de la sorte, le tir sera perpendiculaire au plan de l'horizon, et le projectile se dérobera plus rapidement aux effets de l'attraction terrestre. Mais, pour que la Lune monte au zénith d'un lieu, il faut que ce lieu ne soit pas plus haut en latitude que la déclinaison de cet astre, autrement dit, qu'il soit compris entre 0° et 28° de latitude nord ou sud[2]. En tout autre endroit, le tir devrait être nécessairement oblique, ce qui nuirait à la réussite de l'expérience.

---

1. Le zénith est le point du ciel situé verticalement au-dessus de la tête d'un observateur.
2. Il n'y a en effet que les régions du globe comprises entre l'équateur et le vingt-huitième parallèle, dans lesquels la culmination de la Lune l'amène au zénith ; au-delà du 28e degré, la Lune s'approche d'autant moins du zénith que l'on s'avance vers les pôles.

« Sur la sixième question : — Quelle place la Lune occupera-t-elle dans le ciel au moment où partira le projectile ?

« Au moment où le projectile sera lancé dans l'espace, la Lune, qui avance chaque jour de treize degrés dix minutes et trente-cinq secondes, devra se trouver éloignée du point zénithal de quatre fois ce nombre, soit cinquante-deux degrés quarante-deux minutes et vingt secondes, espace qui correspond au chemin qu'elle fera pendant la durée du parcours du projectile. Mais comme il faut également tenir compte de la déviation que fera éprouver au boulet le mouvement de rotation de la terre, et comme le boulet n'arrivera à la Lune qu'après avoir dévié d'une distance égale à seize rayons terrestres, qui, comptés sur l'orbite de la Lune, font environ onze degrés, on doit ajouter ces onze degrés à ceux qui expriment le retard de la Lune déjà mentionné, soit soixante-quatre degrés en chiffres ronds. Ainsi donc, au moment du tir, le rayon visuel mené à la Lune fera avec la verticale du lieu un angle de soixante-quatre degrés.

« Telles sont les réponses aux questions

posées à l'Observatoire de Cambridge par les membres du Gun-Club.

« En résumé :

« 1º Le canon devra être établi dans un pays situé entre 0º et 28º de latitude nord ou sud.

« 2º Il devra être braqué sur le zénith du lieu.

« 3º Le projectile devra être animé d'une vitesse initiale de douze mille yards par seconde.

« 4º Il devra être lancé le 1er décembre de l'année prochaine, à onze heures moins treize minutes et vingt secondes.

« 5º Il rencontrera la Lune quatre jours après son départ, le 4 décembre à minuit précis, au moment où elle passera au zénith.

« Les membres du Gun-Club doivent donc commencer sans retard les travaux nécessités par une pareille entreprise et être prêts à opérer au moment déterminé, car, s'ils laissaient passer cette date du 4 décembre, ils ne retrouveraient la Lune dans les mêmes conditions de périgée et de zénith que dix-huit ans et onze jours après.

« Le bureau de l'Observatoire de Cambridge

se met entièrement à leur disposition pour les
questions d'astronomie théorique, et il joint
par la présente ses félicitations à celles de
l'Amérique tout entière.

« Pour le bureau :

« J.-M. Belfast,
« *Directeur de l'Observatoire
de Cambridge.* »

V

LE ROMAN DE LA LUNE

Un observateur doué d'une vue infiniment
pénétrante, et placé à ce centre inconnu
autour duquel gravite le monde, aurait vu
des myriades d'atomes remplir l'espace à
l'époque chaotique de l'univers. Mais peu à
peu, avec les siècles, un changement se produisit; une loi d'attraction se manifesta, à
laquelle obéirent les atomes errants jusqu'alors;
ces atomes se combinèrent chimiquement
suivant leurs affinités, se firent molécules et

formèrent ces amas nébuleux dont sont par-
semées les profondeurs du ciel.

Ces amas furent aussitôt animés d'un mouvement de rotation autour de leur point
central. Ce centre, formé de molécules vagues,
se prit à tourner sur lui-même en se condensant
progressivement; d'ailleurs, suivant des lois
immuables de la mécanique, à mesure que
son volume diminuait par la condensation,
son mouvement de rotation s'accélérait, et
ces deux effets persistant, il en résulta une
étoile principale, centre de l'amas nébuleux.

En regardant attentivement, l'observateur
eût alors vu les autres molécules de l'amas se
comporter comme l'étoile centrale, se conden-
ser à sa façon par un mouvement de rotation
progressivement accéléré, et graviter autour
d'elle sous forme d'étoiles innombrables.
La nébuleuse, dont les astronomes comptent
près de cinq mille actuellement, était formée.

Parmi ces cinq mille nébuleuses, il en est
une que les hommes ont nommée la Voie
lactée[1], et qui renferme dix-huit millions

---

1. Du mot grec γάλα, gén. γάλακτος, qui signifie lait.

d'étoiles, dont chacune est devenue le centre d'un monde solaire.

Si l'observateur eût alors spécialement examiné entre ces dix-huit millions d'astres l'un des plus modestes et des moins brillants[1], une étoile de quatrième ordre, celle qui s'appelle orgueilleusement le Soleil, tous les phénomènes auxquels est due la formation de l'univers se seraient successivement accomplis à ses yeux.

En effet, ce Soleil, encore à l'état gazeux et composé de molécules mobiles, il l'eût aperçu tournant sur son axe pour achever son travail de concentration. Ce mouvement, fidèle aux lois de la mécanique, se fût accéléré avec la diminution de volume, et un moment serait arrivé où la force centrifuge l'aurait emporté sur la force centripète, qui tend à repousser les molécules vers le centre.

Alors un autre phénomène se serait passé devant les yeux de l'observateur, et les molécules situées dans le plan de l'équateur, s'échappant comme la pierre d'une fronde dont la corde vient à se briser subitement,

---

1. Le diamètre de Sirius, suivant Wollaston, doit égaler douze fois celui du Soleil, soit 4 300 000 lieues.

auraient été former autour du Soleil plusieurs anneaux concentriques semblables à celui de Saturne. A leur tour, ces anneaux de matière cosmique, pris d'un mouvement de rotation autour de la masse centrale, se seraient brisés et décomposés en nébulosités secondaires, c'est-à-dire en planètes.

Si l'observateur eût alors concentré toute son attention sur ces planètes, il les aurait vues se comporter exactement comme le Soleil et donner naissance à un ou plusieurs anneaux cosmiques, origines de ces astres d'ordre inférieur qu'on appelle satellites.

Ainsi donc, en remontant de l'atome à la molécule, de la molécule à l'amas nébuleux, de l'amas nébuleux à la nébuleuse, de la nébuleuse à l'étoile principale, de l'étoile principale au Soleil, du Soleil à la planète, et de la planète au satellite, on a toute la série des transformations subies par les corps célestes depuis les premiers jours du monde.

Le Soleil semble perdu dans les immensités du monde stellaire, et cependant il est rattaché, par les théories actuelles de la science, à la nébuleuse de la Voie lactée. Centre d'un monde, et si petit qu'il paraisse au milieu des régions éthérées, il est cependant énorme, car sa grosseur est quatorze cent mille fois celle de la Terre. Autour de lui gravitent huit planètes, sorties de ses entrailles mêmes aux premiers temps de la Création. Ce sont, en allant du plus proche de ces astres au plus éloigné, Mercure, Vénus, la Terre, Mars Jupiter, Saturne, Uranus et Neptune. De plus entre Mars et Jupiter circulent régulièrement d'autres corps moins considérables, peut-être les débris errants d'un astre brisé en plusieurs milliers de morceaux, dont le télescope a reconnu quatre-vingt-dix-sept jusqu'à ce jour[1].

De ces serviteurs que le Soleil maintient dans leur orbite elliptique par la grande loi de la gravitation, quelques-uns possèdent à leur tour des satellites. Uranus en a huit, Saturne huit, Jupiter quatre, Neptune trois peut-être, la Terre un; ce dernier, l'un des moins importants du monde solaire, s'appelle la Lune, et c'est lui que le génie audacieux des Américains prétendait conquérir.

L'astre des nuits, par sa proximité relative

---

1. Quelques-uns de ces astéroïdes sont assez petits pour qu'on puisse en faire le tour dans l'espace d'une seule journée en marchant au pas gymnastique.

PHASES DE LA LUNE

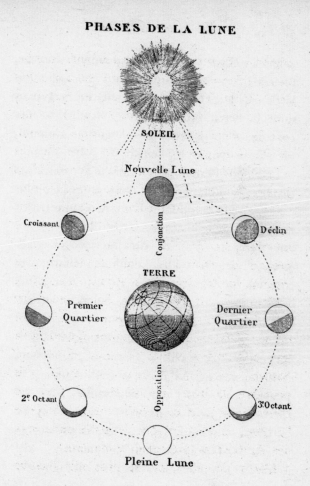

SOLEIL

Nouvelle Lune

Croissant

Déclin

Conjonction

TERRE

Premier Quartier

Dernier Quartier

2ᵉ Octant

3ᵉ Octant

Opposition

Pleine Lune

Les mouvements de translation de la Lune. (Page 56.)

et le spectacle rapidement renouvelé de ses phases diverses, a tout d'abord partagé avec le Soleil l'attention des habitants de la Terre; mais le Soleil est fatigant au regard, et les splendeurs de sa lumière obligent ses contemplateurs à baisser les yeux.

La blonde Phœbé, plus humaine au contraire, se laisse complaisamment voir dans sa grâce modeste; elle est douce à l'œil, peu ambitieuse, et cependant, elle se permet parfois d'éclipser son frère, le radieux Apollon, sans jamais être éclipsée par lui. Les mahométans ont compris la reconnaissance qu'ils devaient à cette fidèle amie de la Terre, et ils ont réglé leur mois sur sa révolution[1].

Les premiers peuples vouèrent un culte particulier à cette chaste déesse. Les Égyptiens l'appelaient Isis; les Phéniciens la nommaient Astarté; les Grecs l'adorèrent sous le nom de Phœbé, fille de Latone et de Jupiter, et ils expliquaient ses éclipses par les visites mystérieuses de Diane au bel Endymion. A en croire la légende mythologique, le lion de Némée parcourut les campagnes de la Lune

---

1. Vingt-neuf jours et demi environ.

avant son apparition sur la Terre, et le poète Agésianax, cité par Plutarque, célébra dans ses vers ces doux yeux, ce nez charmant et cette bouche aimable, formés par les parties lumineuses de l'adorable Séléné.

Mais si les Anciens comprirent bien le caractère, le tempérament, en un mot, les qualités morales de la Lune au point de vue mythologique, les plus savants d'entre eux demeurèrent fort ignorants en sélénographie.

Cependant, plusieurs astronomes des époques reculées découvrirent certaines particularités confirmées aujourd'hui par la science. Si les Arcadiens prétendirent avoir habité la Terre à une époque où la Lune n'existait pas encore, si Tatius la regarda comme un fragment détaché du disque solaire, si Cléarque, le disciple d'Aristote, en fit un miroir .poli sur lequel se réfléchissaient les images de l'Océan, si d'autres enfin ne virent en elle qu'un amas de vapeurs exhalées par la Terre, ou un globe moitié feu, moitié glace, qui tournait sur lui-même, quelques savants, au moyen d'observations sagaces, à défaut d'instruments d'optique, soupçonnèrent la plupart des lois qui régissent l'astre des nuits.

Ainsi Thalès de Milet, 460 ans avant J.-C., émit l'opinion que la Lune était éclairée par le Soleil. Aristarque de Samos donna la véritable explication de ses phases. Cléomène enseigna qu'elle brillait d'une lumière réfléchie. Le Chaldéen Bérose découvrit que la durée de son mouvement de rotation était égale à celle de son mouvement de révolution, et il expliqua de la sorte le fait que la Lune présente toujours la même face. Enfin Hipparque, deux siècles avant l'ère chrétienne, reconnut quelques inégalités dans les mouvements apparents du satellite de la Terre.

Ces diverses observations se confirmèrent par la suite et profitèrent aux nouveaux astronomes. Ptolémée, au IIᵉ siècle, l'Arabe Aboul-Wéfa, au Xᵉ, complétèrent les remarques d'Hipparque sur les inégalités que subit la Lune en suivant la ligne ondulée de son orbite sous l'action du Soleil. Puis Copernic[1], au XVᵉ siècle, et Tycho Brahé, au XVIᵉ, exposèrent complètement le système du monde

---

1. Voir *Les Fondateurs de l'Astronomie moderne*, un livre admirable de M. J. Bertrand, de l'Institut.

et le rôle que joue la Lune dans l'ensemble des corps célestes.

A cette époque, ses mouvements étaient à peu près déterminés; mais de sa constitution physique on savait peu de chose. Ce fut alors que Galilée expliqua les phénomènes de lumière produits dans certaines phases par l'existence de montagnes auxquelles il donna une hauteur moyenne de quatre mille cinq cents toises.

Après lui, Hevelius, un astronome de Dantzig, rabaissa les plus hautes altitudes à deux mille six cents toises; mais son confrère Riccioli les reporta à sept mille.

Herschell, à la fin du XVIIIe siècle, armé d'un puissant télescope, réduisit singulièrement les mesures précédentes. Il donna dix-neuf cents toises aux montagnes les plus élevées, et ramena la moyenne des différentes hauteurs à quatre cents toises seulement. Mais Herschell se trompait encore, et il fallut les observations de Shrœter, Louville, Halley, Nasmyth, Bianchini, Pastorf, Lohrman, Gruithuysen, et surtout les patientes études de MM. Beer et Mœdeler, pour résoudre définitivement la question. Grâce à ces savants, l'élévation des

montagnes de la Lune est parfaitement connue
aujourd'hui. MM. Beer et Mœdeler ont mesuré
dix-neuf cent cinq hauteurs, dont six sont
au-dessus de deux mille six cents toises, et
vingt-deux au-dessus de deux mille quatre
cents[1]. Leur plus haut sommet domine de trois
mille huit cent et une toises la surface du
disque lunaire.

En même temps, la reconnaissance de la
Lune se complétait; cet astre apparaissait
criblé de cratères, et sa nature essentiellement
volcanique s'affirmait à chaque observation.
Du défaut de réfraction dans les rayons des
planètes occultées par elle, on conclut que
l'atmosphère devait presque absolument lui
manquer. Cette absence d'air entraînait l'absence d'eau. Il devenait donc manifeste que
les Sélénites, pour vivre dans ces conditions,
devaient avoir une organisation spéciale et
différer singulièrement des habitants de la
Terre.

Enfin, grâce aux méthodes nouvelles, les
instruments plus perfectionnés fouillèrent la

---

1. La hauteur du mont Blanc au-dessus de la mer est
de 4 813 mètres.

Vue de la Lune. (Page 62.)

Lune sans relâche, ne laissant pas un point
de sa face inexploré, et cependant son diamètre
mesure deux mille cent cinquante milles[1],
sa surface est la treizième partie de la surface
du globe[2], son volume la quarante-neuvième
partie du volume du sphéroïde terrestre; mais
aucun de ses secrets ne pouvait échapper à
l'œil des astronomes, et ces habiles savants
portèrent plus loin encore leurs prodigieuses
observations.

Ainsi ils remarquèrent que, pendant la
pleine Lune, le disque apparaissait dans certaines parties rayé de lignes blanches, et
pendant les phases, rayé de lignes noires. En
étudiant avec une plus grande précision, ils
parvinrent à se rendre un compte exact de
la nature de ces lignes. C'étaient des sillons
longs et étroits, creusés entre des bords parallèles, aboutissant généralement aux contours
des cratères; ils avaient une longueur comprise
entre dix et cent milles et une largeur de huit
cents toises. Les astronomes les appelèrent

---

1. Huit cent soixante-neuf lieues, c'est-à-dire un peu
   plus du quart du rayon terrestre.
2. Trente-huit millions de kilomètres carrés.

des rainures, mais tout ce qu'ils surent faire, ce fut de les nommer ainsi. Quant à la question de savoir si ces rainures étaient des lits desséchés d'anciennes rivières ou non, ils ne purent la résoudre d'une manière complète. Aussi les Américains espéraient bien déterminer, un jour ou l'autre, ce fait géologique. Ils se réservaient également de reconnaître cette série de remparts parallèles découverts à la surface de la Lune par Gruithuysen, savant professeur de Munich, qui les considéra comme un système de fortifications élevées par les ingénieurs sélénites. Ces deux points, encore obscurs, et bien d'autres sans doute, ne pouvaient être définitivement réglés qu'après une communication directe avec la Lune.

Quant à l'intensité de sa lumière, il n'y avait plus rien à apprendre à cet égard; on savait qu'elle est trois cent mille fois plus faible que celle du Soleil, et que sa chaleur n'a pas d'action appréciable sur les thermomètres; quant au phénomène connu sous le nom de lumière cendrée, il s'explique naturellement par l'effet des rayons du Soleil renvoyés de la Terre à la Lune, et qui semblent compléter le disque lunaire, lorsque celui-ci se présente sous la forme d'un croissant dans ses première et dernière phases.

Tel était l'état des connaissances acquises sur le satellite de la Terre, que le Gun-Club se proposait de compléter à tous les points de vue, cosmographiques, géologiques, politiques et moraux.

VI

CE QU'IL N'EST PAS POSSIBLE D'IGNORER ET CE QU'IL N'EST PLUS PERMIS DE CROIRE DANS LES ÉTATS-UNIS

La proposition Barbicane avait eu pour résultat immédiat de remettre à l'ordre du jour tous les faits astronomiques relatifs à l'astre des nuits. Chacun se mit à l'étudier assidûment. Il semblait que la Lune apparût pour la première fois sur l'horizon et que personne ne l'eût encore entrevue dans les cieux. Elle devint à la mode; elle fut la lionne du jour sans en paraître moins modeste, et prit rang parmi les « étoiles » sans en montrer plus de fierté. Les journaux ravivèrent les vieilles anecdotes dans lesquelles ce « Soleil des loups » jouait un rôle; ils rappelèrent les influences que lui prêtait l'ignorance des premiers âges; ils le chantèrent sur tous les tons; un peu plus, ils eussent cité de ses bons mots; l'Amérique entière fut prise de sélénomanie.

De leur côté, les revues scientifiques traitèrent plus spécialement les questions qui touchaient à l'entreprise du Gun-Club; la lettre de l'Observatoire de Cambridge fut publiée par elles, commentée et approuvée sans réserve.

Bref, il ne fut plus permis, même au moins lettré des Yankees, d'ignorer un seul des faits relatifs à son satellite, ni à la plus bornée des vieilles mistress d'admettre encore de superstitieuses erreurs à son endroit. La science leur arrivait sous toutes les formes; elle les pénétrait par les yeux et les oreilles; impossible d'être un âne... en astronomie.

Jusqu'alors, bien des gens ignoraient comment on avait pu calculer la distance qui sépare la Lune de la Terre. On profita de la circonstance pour leur apprendre que cette distance s'obtenait par la mesure de la parallaxe de la Lune. Si le mot parallaxe semblait les étonner, on leur disait que c'était l'angle formé par deux lignes droites menées de chaque extrémité du rayon terrestre jusqu'à la Lune. Doutaient-ils de la perfection de cette méthode, on leur prouvait immédiatement que, non seulement cette distance moyenne était bien de deux cent trente-quatre mille trois cent quarante-sept milles (— 94 330 lieues), mais encore que les astronomes ne se trompaient pas de soixante-dix milles (— 30 lieues).

A ceux qui n'étaient pas familiarisés avec les mouvements de la Lune, les journaux démontraient quotidiennement qu'elle possède deux mouvements distincts, le premier dit de rotation sur un axe, le second dit de révolution autour de la Terre, s'accomplissant tous les deux dans un temps égal, soit vingt-sept jours et un tiers[1].

Le mouvement de rotation est celui qui crée le jour et la nuit à la surface de la Lune;

---

1. C'est la durée de la révolution sidérale, c'est-à-dire le temps que la Lune met à revenir à une même étoile.

seulement il n'y a qu'un jour, il n'y a qu'une nuit par mois lunaire, et ils durent chacun trois cent cinquante-quatre heures et un tiers. Mais, heureusement pour elle, la face tournée vers le globe terrestre est éclairée par lui avec une intensité égale à la lumière de quatorze Lunes. Quant à l'autre face, toujours invisible, elle a naturellement trois cent cinquante-quatre heures d'une nuit absolue, tempérée seulement par cette « pâle clarté qui tombe des étoiles ». Ce phénomène est uniquement dû à cette particularité que les mouvements de rotation et de révolution s'accomplissent dans un temps rigoureusement égal, phéno-mène commun, suivant Cassini et Herschell, aux satellites de Jupiter, et très probablement à tous les autres satellites.

Quelques esprits bien disposés, mais un peu rétifs, ne comprenaient pas tout d'abord que, si la Lune montrait invariablement la même face à la Terre pendant sa révolution, c'est que, dans le même laps de temps, elle faisait un tour sur elle-même. A ceux-là on disait : « Allez dans votre salle à manger, et tournez autour de la table de manière à toujours en regarder le centre; quand votre promenade circulaire sera achevée, vous aurez fait un tour sur vous-même, puisque votre œil aura parcouru successivement tous les points de la salle. Eh bien! la salle, c'est le Ciel, la table, c'est la Terre, et la Lune, c'est vous! » Et ils s'en allaient enchantés de la comparaison.

Ainsi donc, la Lune montre sans cesse la même face à la Terre; cependant, pour être exact, il faut ajouter que, par suite d'un certain balancement du nord au sud et de l'ouest à l'est appelé « libration », elle laisse apercevoir un peu plus de la moitié de son disque, soit les cinquante-sept centièmes environ.

Lorsque les ignorants en savaient autant que le directeur de l'Observatoire de Cambridge sur le mouvement de rotation de la Lune, ils s'inquiétaient beaucoup de son mouvement de révolution autour de la Terre, et vingt revues scientifiques avaient vite fait de les instruire. Ils apprenaient alors que le firmament, avec son infinité d'étoiles, peut être considéré comme un vaste cadran sur lequel la Lune se promène en indiquant l'heure vraie à tous les habitants de la Terre; que c'est dans ce mouvement que l'astre des nuits présente ses différentes phases; que la

Lune est pleine, quand elle est en opposition avec le Soleil, c'est-à-dire lorsque les trois astres sont sur la même ligne, la Terre étant au milieu; que la Lune est nouvelle quand elle est en conjonction avec le Soleil, c'est-à-dire lorsqu'elle se trouve entre la Terre et lui; enfin que la Lune est dans son premier ou dans son dernier quartier, quand elle fait avec le Soleil et la Terre un angle droit dont elle occupe le sommet.

Quelques Yankees perspicaces en déduisaient alors cette conséquence, que les éclipses ne pouvaient se produire qu'aux époques de conjonction ou d'opposition, et ils raisonnaient bien. En conjonction, la Lune peut éclipser le Soleil, tandis qu'en opposition, c'est la Terre qui peut l'éclipser à son tour, et si ces éclipses n'arrivent pas deux fois par lunaison, c'est parce que le plan suivant lequel se meut la Lune est incliné sur l'écliptique, autrement dit, sur le plan suivant lequel se meut la Terre.

Quant à la hauteur que l'astre des nuits peut atteindre au-dessus de l'horizon, la lettre de l'Observatoire de Cambridge avait tout dit à cet égard. Chacun savait que cette hauteur varie suivant la latitude du lieu où on l'observe. Mais les seules zones du globe pour lesquelles la Lune passe au zénith, c'est-à-dire vient se placer directement au-dessus de la tête de ses contemplateurs, sont nécessairement comprises entre les vingt-huitièmes parallèles et l'équateur. De là cette recommandation importante de tenter l'expérience sur un point quelconque de cette partie du globe, afin que le projectile pût être lancé perpendiculairement et échapper ainsi plus vite à l'action de la pesanteur. C'était une condition essentielle pour le succès de l'entreprise, et elle ne laissait pas de préoccuper vivement l'opinion publique.

Quant à la ligne suivie par la Lune dans sa révolution autour de la Terre, l'Observatoire de Cambridge avait suffisamment appris, même aux ignorants de tous les pays, que cette ligne est une courbe rentrante, non pas un cercle, mais bien une ellipse, dont la Terre occupe un des foyers. Ces orbites elliptiques sont communes à toutes les planètes aussi bien qu'à tous les satellites, et la mécanique rationnelle prouve rigoureusement qu'il ne pouvait en être autrement. Il était bien entendu que la Lune dans son apogée se trouvait plus éloignée de la Terre, et plus rapprochée dans son périgée.

Voilà donc ce que tout Américain savait bon gré mal gré, ce que personne ne pouvait décemment ignorer. Mais si ces vrais principes se vulgarisèrent rapidement, beaucoup d'erreurs, certaines craintes illusoires, furent moins faciles à déraciner.

Ainsi, quelques braves gens, par exemple, soutenaient que la Lune était une ancienne comète, laquelle, en parcourant son orbite allongée autour du Soleil, vint à passer près de la Terre et se trouva retenue dans son cercle d'attraction. Ces astronomes de salon prétendaient expliquer ainsi l'aspect brûlé de la Lune, malheur irréparable dont ils se prenaient à l'astre radieux. Seulement, quand on leur faisait observer que les comètes ont une atmosphère et que la Lune n'en a que peu ou pas, ils restaient fort empêchés de répondre.

D'autres, appartenant à la race des trembleurs, manifestaient certaines craintes à l'endroit de la Lune; ils avaient entendu dire que, depuis les observations faites au temps des Califes, son mouvement de révolution s'accé-

lérait dans une certaine proportion; ils en
déduisaient de là, fort logiquement d'ailleurs,
qu'à une accélération de mouvement devait
correspondre une diminution dans la distance
des deux astres, et que, ce double effet se
prolongeant à l'infini, la Lune finirait un
jour par tomber sur la Terre. Cependant,
ils durent se rassurer et cesser de craindre
pour les générations futures, quand on leur
apprit que, suivant les calculs de Laplace,
un illustre mathématicien français, cette accélération de mouvement se renferme dans des
limites fort restreintes, et qu'une diminution
proportionnelle ne tardera pas à lui succéder.
Ainsi donc, l'équilibre du monde solaire ne
pouvait être dérangé dans les siècles à venir.

Restait en dernier lieu la classe superstitieuse
des ignorants; ceux-là ne se contentent pas
d'ignorer, ils savent ce qui n'est pas, et à
propos de la Lune ils en savaient long. Les
uns regardaient son disque comme un miroir
poli au moyen duquel on pouvait se voir des
divers points de la Terre et se communiquer
ses pensées. Les autres prétendaient que sur
mille nouvelles Lunes observées, neuf cent
cinquante avaient amené des changements

notables, tels que cataclysmes, révolutions, tremblements de terre, déluges, etc.; ils croyaient donc à l'influence mystérieuse de l'astre des nuits sur les destinées humaines; ils le regardaient comme le « véritable contre poids » de l'existence; ils pensaient que chaque Sélénite était rattaché à chaque habitant de la Terre par un lien sympathique; avec le docteur Mead, ils soutenaient que le système vital lui est entièrement soumis, prétendant, sans en démordre, que les garçons naissent surtout pendant la nouvelle Lune, et les filles pendant le dernier quartier, etc., etc. Mais enfin il fallut renoncer à ces vulgaires erreurs, revenir à la seule vérité, et si la Lune, dépouillée de son influence, perdit dans l'esprit de certains courtisans de tous les pouvoirs, si quelques dos lui furent tournés, l'immense majorité se prononça pour elle. Quant aux Yankees, ils n'eurent plus d'autre ambition que de prendre possession de ce nouveau continent des airs et d'arborer à son plus haut sommet le pavillon étoilé des États-Unis d'Amérique.

VII

L'observatoire de Cambridge avait, dans sa
mémorable lettre du 7 octobre, traité la question au point de vue astronomique; il s'agissait
désormais de la résoudre mécaniquement.
C'est alors que les difficultés pratiques eussent
paru insurmontables en tout autre pays que
l'Amérique. Ici ce ne fut qu'un jeu.

Le président Barbicane avait, sans perdre
de temps, nommé dans le sein du Gun-Club
un Comité d'exécution. Ce Comité devait
en trois séances élucider les trois grandes
questions du canon, du projectile et des
poudres; il fut composé de quatre membres
très savants sur ces matières : Barbicane,
avec voix prépondérante en cas de partage,
le général Morgan, le major Elphiston, et
enfin l'inévitable J.-T. Maston, auquel furent
confiées les fonctions de secrétaire-rapporteur.

Le 8 octobre, le Comité se réunit chez le président Barbicane, 3, Republican-street. Comme il était important que l'estomac ne vînt pas troubler par ses cris une aussi sérieuse discussion, les quatre membres du Gun-Club prirent place à une table couverte de sandwiches et de théières considérables. Aussitôt J.-T. Maston vissa sa plume à son crochet de fer, et la séance commença.

Barbicane prit la parole :

« Mes chers collègues, dit-il, nous avons à résoudre un des plus importants problèmes de la balistique, cette science par excellence, qui traite du mouvement des projectiles, c'est-à-dire des corps lancés dans l'espace par une force d'impulsion quelconque, puis abandonnés à eux-mêmes.

— Oh ! la balistique ! la balistique ! s'écria J.-T. Maston d'une voix émue.

— Peut-être eût-il paru plus logique, reprit Barbicane, de consacrer cette première séance à la discussion de l'engin...

— En effet, répondit le général Morgan.

— Cependant, reprit Barbicane, après mûres réflexions, il m'a semblé que la question du projectile devait primer celle du canon, et

Barbicane prit la parole. (Page 78.)

que les dimensions de celui-ci devaient dé-
pendre des dimensions de celui-là.

— Je demande la parole », s'écria J.-T.
Maston.

La parole lui fut accordée avec l'empressement que méritait son passé magnifique.

« Mes braves amis, dit-il d'un accent inspiré,
notre président a raison de donner à la question
du projectile le pas sur toutes les autres! Ce
boulet que nous allons lancer à la Lune, c'est
notre messager, notre ambassadeur, et je
vous demande la permission de le considérer
à un point de vue purement moral. »

Cette façon nouvelle d'envisager un projectile piqua singulièrement la curiosité des
membres du Comité; ils accordèrent donc la
plus vive attention aux paroles de J.-T. Maston.

« Mes chers collègues, reprit ce dernier,
je serai bref; je laisserai de côté le boulet
physique, le boulet qui tue, pour n'envisager
que le boulet mathématique, le boulet moral.
Le boulet est pour moi la plus éclatante manifestation de la puissance humaine; c'est en
lui qu'elle se résume tout entière; c'est en le
créant que l'homme s'est le plus rapproché
du Créateur!

— Très bien! dit le major Elphiston.

— En effet, s'écria l'orateur, si Dieu a fait les étoiles et les planètes, l'homme a fait le boulet, ce criterium des vitesses terrestres, cette réduction des astres errant dans l'espace, et qui ne sont, à vrai dire, que des projectiles! A Dieu la vitesse de l'électricité, la vitesse de la lumière, la vitesse des étoiles, la vitesse des comètes, la vitesse des planètes, la vitesse des satellites, la vitesse du son, la vitesse du vent! Mais à nous la vitesse du boulet, cent fois supérieure à la vitesse des trains et des chevaux les plus rapides! »

J.-T. Maston était transporté; sa voix prenait des accents lyriques en chantant cet hymne sacré du boulet.

« Voulez-vous des chiffres? reprit-il, en voilà d'éloquents! Prenez simplement le modeste boulet de vingt-quatre[1]; s'il court huit cent mille fois moins vite que l'électricité, six cent quarante fois moins vite que la lumière, soixante-seize fois moins vite que la Terre dans son mouvement de translation autour du Soleil, cependant, à la sortie du

---

1. C'est-à-dire pesant vingt-quatre livres.

canon, il dépasse la rapidité du son[1], il fait
deux cents toises à la seconde, deux mille
toises en dix secondes, quatorze milles à la
minute (— 6 lieues), huit cent quarante
milles à l'heure (— 360 lieues), vingt mille
cent milles par jour (— 8 640 lieues), c'est-à-
dire la vitesse des points de l'équateur dans
le mouvement de rotation du globe, sept millions trois cent trente-six mille cinq cents
milles par an (— 3 155 760 lieues). Il mettrait
donc onze jours à se rendre à la Lune, douze
ans à parvenir au Soleil, trois cent soixante
ans à atteindre Neptune aux limites du monde
solaire. Voilà ce que ferait ce modeste boulet,
l'ouvrage de nos mains! Que sera-ce donc
quand, vingtuplant cette vitesse, nous le
lancerons avec une rapidité de sept milles à
la seconde! Ah! boulet superbe! splendide
projectile! j'aime à penser que tu seras reçu
là-haut avec les honneurs dus à un ambassadeur terrestre! »

Des hurrahs accueillirent cette ronflante
péroraison, et J.-T. Maston, tout ému, s'assit

---

1. Ainsi, quand on a entendu la détonation de la bouche
à feu on ne peut plus être frappé par le boulet.

au milieu des félicitations de ses collègues.

« Et maintenant, dit Barbicane, que nous avons fait une large part à la poésie, attaquons directement la question.

— Nous sommes prêts, répondirent les membres du Comité en absorbant chacun une demi-douzaine de sandwiches.

— Vous savez quel est le problème à résoudre, reprit le président; il s'agit d'imprimer à un projectile une vitesse de douze mille yards par seconde. J'ai lieu de penser que nous y réussirons. Mais, en ce moment, examinons les vitesses obtenues jusqu'ici; le général Morgan pourra nous édifier à cet égard.

— D'autant plus facilement, répondit le général, que, pendant la guerre, j'étais membre de la commission d'expérience. Je vous dirai donc que les canons de cent de Dahlgreen, qui portaient à deux mille cinq cents toises, imprimaient à leur projectile une vitesse initiale de cinq cents yards à la seconde.

— Bien. Et la Columbiad[1] Rodman? demanda le président.

---

1. Les Américains donnaient le nom de Columbiad à ces énormes engins de destruction.

Le canon de l'île de Malte. (Page 81.)

— La Columbiad Rodman, essayée au fort Hamilton, près de New York, lançait un boulet pesant une demi-tonne à une distance de six milles, avec une vitesse de huit cents yards par seconde, résultat que n'ont jamais obtenu Armstrong et Palliser en Angleterre.

— Oh! les Anglais! fit J.-T. Maston en tournant vers l'horizon de l'est son redoutable crochet.

— Ainsi donc, reprit Barbicane, ces huit cents yards seraient la vitesse maximum atteinte jusqu'ici?

— Oui, répondit Morgan.

— Je dirai, cependant, répliqua J.-T. Maston, que si mon mortier n'eût pas éclaté...

— Oui, mais il a éclaté, répondit Barbicane avec un geste bienveillant. Prenons donc pour point de départ cette vitesse de huit cents yards. Il faudra la vingtupler. Aussi, réservant pour une autre séance la discussion des moyens destinés à produire cette vitesse, j'appellerai votre attention, mes chers collègues, sur les dimensions qu'il convient de donner au boulet. Vous pensez bien qu'il ne s'agit plus ici de projectiles pesant au plus une demi-tonne!

— Pourquoi pas? demanda le major.

— Parce que ce boulet, répondit vivement J.-T. Maston, doit être assez gros pour attirer l'attention des habitants de la Lune, s'il en existe toutefois.

— Oui, répondit Barbicane, et pour une autre raison plus importante encore.

— Que voulez-vous dire, Barbicane? demanda le major.

— Je veux dire qu'il ne suffit pas d'envoyer un projectile et de ne plus s'en occuper; il faut que nous le suivions pendant son parcours jusqu'au moment où il atteindra le but.

— Hein! firent le général et le major, un peu surpris de la proposition.

— Sans doute, reprit Barbicane en homme sûr de lui, sans doute, ou notre expérience ne produira aucun résultat.

— Mais alors, répliqua le major, vous allez donner à ce projectile des dimensions énormes?

— Non. Veuillez bien m'écouter. Vous savez que les instruments d'optique ont acquis une grande perfection; avec certains télescopes on est déjà parvenu à obtenir des grossissements de six mille fois, et à ramener la Lune à quarante milles environ (— 16 lieues). Or, à cette distance, les objets ayant soixante pieds de côté sont parfaitement visibles. Si l'on n'a pas poussé plus loin la puissance de pénétration des télescopes, c'est que cette puissance ne s'exerce qu'au détriment de leur clarté, et la Lune, qui n'est qu'un miroir réfléchissant, n'envoie pas une lumière assez intense pour qu'on puisse porter les grossissements au-delà de cette limite.

— Eh bien! que ferez-vous alors? demanda le général. Donnerez-vous à votre projectile un diamètre de soixante pieds?

— Non pas!

— Vous vous chargerez donc de rendre la Lune plus lumineuse?

— Parfaitement.

— Voilà qui est fort! s'écria J.-T. Maston.

— Oui, fort simple, répondit Barbicane. En effet, si je parviens à diminuer l'épaisseur de l'atmosphère que traverse la lumière de la Lune, n'aurais-je pas rendu cette lumière plus intense?

— Évidemment.

— Eh bien! pour obtenir ce résultat, il me suffira d'établir un télescope sur quelque montagne élevée. Ce que nous ferons.

— Je me rends, je me rends, répondit le major. Vous avez une façon de simplifier les choses!... Et quel grossissement espérez-vous obtenir ainsi?

— Un grossissement de quarante-huit mille fois, qui ramènera la Lune à cinq milles seulement, et, pour être visibles, les objets n'auront plus besoin d'avoir que neuf pieds de diamètre.

— Parfait! s'écria J.-T. Maston, notre projectile aura donc neuf pieds de diamètre?

— Précisément.

— Permettez-moi de vous dire, cependant, reprit le major Elphiston, qu'il sera encore d'un poids tel, que...

— Oh! major, répondit Barbicane, avant de discuter son poids, laissez-moi vous dire que nos pères faisaient des merveilles en ce genre. Loin de moi la pensée de prétendre que la balistique n'ait pas progressé, mais il est bon de savoir que, dès le Moyen Age, on obtenait des résultats surprenants, j'oserai ajouter, plus surprenants que les nôtres.

— Par exemple! répliqua Morgan.

— Justifiez vos paroles, s'écria vivement J.-T. Maston.

La Columbiad Rodman. (Page 82.)

— Rien n'est plus facile, répondit Barbicane; j'ai des exemples à l'appui de ma proposition. Ainsi, au siège de Constantinople par Mahomet II, en 1453, on lança des boulets de pierre qui pesaient dix-neuf cents livres, et qui devaient être d'une belle taille.

— Oh! oh! fit le major, dix-neuf cents livres, c'est un gros chiffre!

— A Malte, au temps des chevaliers, un certain canon du fort Saint-Elme lançait des projectiles pesant deux mille cinq cents livres.

— Pas possible!

— Enfin, d'après un historien français, sous Louis XI, un mortier lançait une bombe de cinq cents livres seulement; mais cette bombe, partie de la Bastille, un endroit où les fous enfermaient les sages, allait tomber à Charenton, un endroit où les sages enferment les fous.

— Très bien! dit J.-T. Maston.

— Depuis, qu'avons-nous vu, en somme? Les canons Armstrong lancer des boulets de cinq cents livres, et les Columbiads Rodman des projectiles d'une demi-tonne! Il semble donc que, si les projectiles ont gagné en portée, ils ont perdu en pesanteur. Or, si nous tournons nos efforts de ce côté, nous devons arriver avec le progrès de la science, à décupler le poids des boulets de Mahomet II, et des chevaliers de Malte.

— C'est évident, répondit le major, mais quel métal comptez-vous donc employer pour le projectile ?

— De la fonte de fer, tout simplement, dit le général Morgan.

— Peuh ! de la fonte ! s'écria J.-T. Maston avec un profond dédain, c'est bien commun pour un boulet destiné à se rendre à la Lune.

— N'exagérons pas, mon honorable ami, répondit Morgan ; la fonte suffira.

— Eh bien ! alors, reprit le major Elphiston, puisque la pesanteur est proportionnelle à son volume, un boulet de fonte, mesurant neuf pieds de diamètre, sera encore d'un poids épouvantable !

— Oui, s'il est plein ; non, s'il est creux, dit Barbicane.

— Creux ! ce sera donc un obus ?

— Où l'on pourra mettre des dépêches, répliqua J.-T. Maston, et des échantillons de nos productions terrestres !

— Oui, un obus, répondit Barbicane ; il

le faut absolument; un boulet plein de cent huit pouces pèserait plus de deux cent mille livres, poids évidemment trop considérable; cependant, comme il faut conserver une certaine stabilité au projectile, je propose de lui donner un poids de cinq mille livres.

— Quelle sera donc l'épaisseur de ses parois? demanda le major.

— Si nous suivons la proportion réglementaire, reprit Morgan, un diamètre de cent huit pouces exigera des parois de deux pieds au moins.

— Ce serait beaucoup trop, répondit Barbicane; remarquez-le bien, il ne s'agit pas ici d'un boulet destiné à percer des plaques; il suffira donc de lui donner des parois assez fortes pour résister à la pression des gaz de la poudre. Voici donc le problème : quelle épaisseur doit avoir un obus en fonte de fer pour ne peser que vingt mille livres? Notre habile calculateur, le brave Maston, va nous l'apprendre séance tenante.

— Rien n'est plus facile », répliqua l'honorable secrétaire du Comité.

Et ce disant, il traça quelques formules algébriques sur le papier; on vit apparaître sous la plume des π et des x élevés à la deuxième puissance. Il eut même l'air d'extraire, sans y toucher, une certaine racine cubique, et dit :

« Les parois auront à peine deux pouces d'épaisseur.

— Sera-ce suffisant? demanda le major d'un air de doute.

— Non, répondit le président Barbicane, non, évidemment.

— Eh bien! alors, que faire? reprit Elphiston d'un air assez embarrassé.

— Employer un autre métal que la fonte.

— Du cuivre? dit Morgan.

— Non, c'est encore trop lourd; et j'ai mieux que cela à vous proposer.

— Quoi donc? dit le major.

— De l'aluminium, répondit Barbicane.

— De l'aluminium! s'écrièrent les trois collègues du président.

— Sans doute, mes amis. Vous savez qu'un illustre chimiste français, Henri Sainte-Claire Deville, est parvenu, en 1854, à obtenir l'aluminium en masse compacte. Or, ce précieux métal a la blancheur de l'argent, l'inaltérabilité de l'or, la ténacité du fer, la fusibilité du cuivre et la légèreté du verre; il se travaille facilement, il est extrêmement répandu dans la nature, puisque l'alumine forme la base de la plupart des roches, il est trois fois plus léger que le fer, et il semble avoir été créé tout exprès pour nous fournir la matière de notre projectile!

— Hurrah pour l'aluminium! s'écria le secrétaire du Comité, toujours très bruyant dans ses moments d'enthousiasme.

— Mais, mon cher président, dit le major, est-ce que le prix de revient de l'aluminium n'est pas extrêmement élevé?

— Il l'était, répondit Barbicane; aux premiers temps de sa découverte, la livre d'aluminium coûtait deux cent soixante à deux cent quatre-vingts dollars (— environ 1 500 francs); puis elle est tombée à vingt-sept dollars (— 150 F), et aujourd'hui, enfin, elle vaut neuf dollars (— 48,75 F).

— Mais neuf dollars la livre, répliqua le major, qui ne se rendait pas facilement, c'est encore un prix énorme!

— Sans doute, mon cher major, mais non pas inabordable.

— Que pèsera donc le projectile? demanda **Morgan**.

— Voici ce qui résulte de mes calculs, répondit Barbicane; un boulet de cent huit pouces de diamètre et de douze pouces[1] d'épaisseur pèserait, s'il était en fonte de fer, soixante-sept mille quatre cent quarante livres; en fonte d'aluminium, son poids sera réduit à dix-neuf mille deux cent cinquante livres.

— Parfait! s'écria Maston, voilà qui rentre dans notre programme.

— Parfait! parfait! répliqua le major, mais ne savez-vous pas qu'à dix-huit dollars la livre, ce projectile coûtera...

— Cent soixante-treize mille deux cent cinquante dollars (— 928 437,50 F), je le sais parfaitement; mais ne craignez rien, mes amis, l'argent ne fera pas défaut à notre entreprise, je vous en réponds.

— Il pleuvra dans nos caisses, répliqua J.-T. Maston.

— Eh bien! que pensez-vous de l'aluminium? demanda le président.

---

1. Trente centimètres; le pouce américain vaut 25 millimètres.

— Adopté, répondirent les trois membres du Comité.

— Quant à la forme du boulet, reprit Barbicane, elle importe peu, puisque, l'atmosphère une fois dépassée, le projectile se trouvera dans le vide; je propose donc le boulet rond, qui tournera sur lui-même, si cela lui plaît, et se comportera à sa fantaisie. »

Ainsi se termina la première séance du Comité; la question du projectile était définitivement résolue, et J.-T. Maston se réjouit fort de la pensée d'envoyer un boulet d'aluminium aux Sélénites, « ce qui leur donnerait une crâne idée des habitants de la Terre »!

VIII

HISTOIRE DU CANON

Les résolutions prises dans cette séance produisirent un grand effet au-dehors. Quelques gens timorés s'effrayaient un peu à l'idée d'un boulet, pesant vingt mille livres, lancé à travers l'espace. On se demandait quel canon pourrait jamais transmettre une vitesse initiale suffisante à une pareille masse. Le procès verbal de la seconde séance du Comité devait répondre victorieusement à ces questions.

Le lendemain soir, les quatre membres du Gun-Club s'attablaient devant de nouvelles montagnes de sandwiches et au bord d'un véritable océan de thé. La discussion reprit aussitôt son cours, et, cette fois, sans préambule.

« Mes chers collègues, dit Barbicane, nous allons nous occuper de l'engin à construire, de sa longueur, de sa forme, de sa composition et de son poids. Il est probable que nous arriverons à lui donner des dimensions gigantesques ; mais si grandes que soient les difficultés, notre génie industriel en aura facilement raison. Veuillez donc m'écouter, et ne m'épargnez pas les objections à bout portant. Je ne les crains pas ! »

Un grognement approbateur accueillit cette déclaration.

« N'oublions pas, reprit Barbicane, à quel point notre discussion nous a conduits hier ; le problème se présente maintenant sous cette forme : imprimer une vitesse initiale de douze mille yards par seconde à un obus de cent huit pouces de diamètre et d'un poids de vingt mille livres.

— Voilà bien le problème, en effet, répondit le major Elphiston.

— Je continue, reprit Barbicane. Quand un projectile est lancé dans l'espace, que se passe-t-il ? Il est sollicité par trois forces indépendantes, la résistance du milieu, l'attraction de la Terre et la force d'impulsion dont il est animé. Examinons ces trois forces. La résistance du milieu, c'est-à-dire la résistance de l'air, sera peu importante. En effet, l'atmosphère terrestre n'a que quarante milles (— 16 lieues environ). Or, avec une rapidité de douze mille yards, le projectile l'aura traversée en cinq secondes, et ce temps est assez court pour que la résistance du milieu soit regardée comme insignifiante. Passons alors à l'attraction de la Terre, c'est-à-dire à la pesanteur de l'obus. Nous savons que cette pesanteur diminuera en raison inverse du carré des distances ; en effet, voici ce que la physique nous apprend : quand un corps abandonné à lui-même tombe à la surface de la Terre, sa chute est de quinze pieds[1] dans la première seconde, et si ce même corps était transporté à deux cent cinquante-sept mille cent quarante-deux milles, autrement dit, à la distance où se trouve la Lune, sa chute serait réduite à une demi-ligne environ dans la première seconde. C'est presque l'immobilité. Il s'agit donc de vaincre progressivement cette action de la pesanteur. Comment y parviendrons-nous ? Par la force d'impulsion.

— Voilà la difficulté, répondit le major.

— La voilà, en effet, reprit le président, mais nous en triompherons, car cette force d'impulsion qui nous est nécessaire résultera de la longueur de l'engin et de la quantité de poudre employée, celle-ci n'étant limitée que par la résistance de celui-là. Occupons-nous donc aujourd'hui des dimensions à donner au canon. Il est bien entendu que nous pouvons l'établir dans des conditions de résistance pour ainsi dire infinie, puisqu'il n'est pas destiné à être manœuvré.

— Tout ceci est évident, répondit le général.

1. Soit 4 mètres 90 centimètres dans la première seconde ; à la distance où se trouve la Lune, la chute ne serait plus que de 1 mm 1/3, ou 590 millièmes de ligne.

— Jusqu'ici, dit Barbicane, les canons les plus longs, nos énormes Columbiads, n'ont pas dépassé vingt-cinq pieds en longueur; nous allons donc étonner bien des gens par les dimensions que nous serons forcés d'adopter.

— Eh! sans doute, s'écria J.-T. Maston. Pour mon compte, je demande un canon d'un demi-mille au moins!

— Un demi-mille! s'écrièrent le major et le général.

— Oui! un demi-mille, et il sera encore trop court de moitié.

— Allons, Maston, répondit Morgan, vous exagérez.

— Non pas! répliqua le bouillant secrétaire, et je ne sais vraiment pourquoi vous me taxez d'exagération.

— Parce que vous allez trop loin!

— Sachez, monsieur, répondit J.-T. Maston en prenant ses grands airs, sachez qu'un artilleur est comme un boulet, il ne peut jamais aller trop loin! »

La discussion tournait aux personnalités, mais le président intervint.

« Du calme, mes amis, et raisonnons; il faut évidemment un canon d'une grande volée, puisque la longueur de la pièce accroîtra

Vue idéale du canon de J.-T. Maston. (Page 99.)

la détente des gaz accumulés sous le projectile, mais il est inutile de dépasser certaines limites.

— Parfaitement, dit le major.

— Quelles sont les règles usitées en pareil cas? Ordinairement la longueur d'un canon est vingt à vingt-cinq fois le diamètre du boulet, et il pèse deux cent trente-cinq à deux cent quarante fois son poids.

— Ce n'est pas assez, s'écria J.-T. Maston avec impétuosité.

— J'en conviens, mon digne ami, et, en effet, en suivant cette proportion, pour un projectile large de neuf pieds pesant vingt mille livres, l'engin n'aurait qu'une longueur de deux cent vingt-cinq pieds et un poids de sept millions deux cent mille livres.

— C'est ridicule, répartit J.-T. Maston. Autant prendre un pistolet!

— Je le pense aussi, répondit Barbicane, c'est pourquoi je me propose de quadrupler cette longueur et de construire un canon de neuf cents pieds. »

Le général et le major firent quelques objections; mais néanmoins cette proposition, vivement soutenue par le secrétaire du Gun-Club, fut définitivement adoptée.

« Maintenant, dit Elphiston, quelle épaisseur donner à ses parois.

— Une épaisseur de six pieds, répondit Barbicane.

— Vous ne pensez sans doute pas à dresser une pareille masse sur un affût ? demanda le major.

— Ce serait pourtant superbe ! dit J.-T. Maston.

— Mais impraticable, répondit Barbicane. Non, je songe à couler cet engin dans le sol même, à le fretter avec des cercles de fer forgé, et enfin à l'entourer d'un épais massif de maçonnerie à pierre et à chaux, de telle façon qu'il participe de toute la résistance du terrain environnant. Une fois la pièce fondue, l'âme sera soigneusement alésée et calibrée, de manière à empêcher le vent[1] du boulet ; ainsi il n'y aura aucune déperdition de gaz, et toute la force expansive de la poudre sera employée à l'impulsion.

— Hurrah ! hurrah ! fit J.-T. Maston, nous tenons notre canon.

---

1. C'est l'espace qui existe quelquefois entre le projectile et l'âme de la pièce.

— Pas encore! répondit Barbicane en calmant de la main son impatient ami.

— Et pourquoi?

— Parce que nous n'avons pas discuté sa forme. Sera-ce un canon, un obusier ou un mortier?

— Un canon, répliqua Morgan.

— Un obusier, repartit le major.

— Un mortier! » s'écria J.-T. Maston.

Une nouvelle discussion assez vive allait s'engager, chacun préconisant son arme favorite, lorsque le président l'arrêta net.

« Mes amis, dit-il, je vais vous mettre tous d'accord; notre Columbiad tiendra de ces trois bouches à feu à la fois. Ce sera un canon, puisque la chambre de la poudre aura le même diamètre que l'âme. Ce sera un obusier, puisqu'il lancera un obus. Enfin, ce sera un mortier, puisqu'il sera braqué sous un angle de quatre-vingt-dix degrés, et que, sans recul possible, inébranlablement fixé au sol, il communiquera au projectile toute la puissance d'impulsion accumulée dans ses flancs.

— Adopté, adopté, répondirent les membres du Comité.

— Une simple réflexion, dit Elphiston, ce can-obuso-mortier sera-t-il rayé?

— Non, répondit Barbicane, non; il nous faut une vitesse initiale énorme, et vous savez bien que le boulet sort moins rapidement des canons rayés que des canons à âme lisse.

— C'est juste.

— Enfin, nous le tenons, cette fois! répéta J.-T. Maston.

— Pas tout à fait encore, répliqua le président.

— Et pourquoi?

— Parce que nous ne savons pas encore de quel métal il sera fait.

— Décidons-le sans retard.

— J'allais vous le proposer. »

Les quatre membres du Comité avalèrent chacun une douzaine de sandwiches suivis d'un bol de thé, et la discussion recommença.

« Mes braves collègues, dit Barbicane, notre canon doit être d'une grande ténacité, d'une grande dureté, infusible à la chaleur, indissoluble et inoxydable à l'action corrosive des acides.

— Il n'y a pas de doute à cet égard, répondit le major, et comme il faudra employer une quantité considérable de métal, nous n'aurons pas l'embarras du choix.

— Eh bien! alors, dit Morgan, je propose pour la fabrication de la Columbiad le meilleur alliage connu jusqu'ici, c'est-à-dire cent parties de cuivre, douze parties d'étain et six parties de laiton.

— Mes amis, répondit le président, j'avoue que cette composition a donné des résultats excellents; mais, dans l'espèce, elle coûterait trop cher et serait d'un emploi fort difficile. Je pense donc qu'il faut adopter une matière excellente, mais à bas prix, telle que la fonte de fer. N'est-ce pas votre avis, major?

— Parfaitement, répondit Elphiston.

— En effet, reprit Barbicane, la fonte de fer coûte dix fois moins que le bronze; elle est facile à fondre, elle se coule simplement dans des moules de sable, elle est d'une manipulation rapide; c'est donc à la fois économie d'argent et de temps. D'ailleurs, cette matière est excellente, et je me rappelle que pendant la guerre, au siège d'Atlanta, des pièces en fonte ont tiré mille coups chacune de vingt minutes en vingt minutes, sans en avoir souffert.

— Cependant, la fonte est très cassante, répondit Morgan.

— Oui, mais très résistante aussi; d'ailleurs,

nous n'éclaterons pas, je vous en réponds.

— On peut éclater et être honnête, répliqua sentencieusement J.-T. Maston.

— Évidemment, répondit Barbicane. Je vais donc prier notre digne secrétaire de calculer le poids d'un canon de fonte long de neuf cents pieds, d'un diamètre intérieur de neuf pieds, avec parois de six pieds d'épaisseur.

— A l'instant », répondit J.-T. Maston.

Et, ainsi qu'il avait fait la veille, il aligna ses formules avec une merveilleuse facilité, et dit au bout d'une minute :

« Ce canon pèsera soixante-huit mille quarante tonnes (— 68 040 000 kg).

— Et à deux *cents* la livre (— 10 centimes), il coûtera ?...

— Deux millions cinq cent dix mille sept cent un dollars (— 13 608 000 francs). »

J.-T. Maston, le major et le général regardèrent Barbicane d'un air inquiet.

« Eh bien ! messieurs, dit le président, je vous répéterai ce que je vous disais hier, soyez tranquilles, les millions ne nous manqueront pas ! »

Sur cette assurance de son président, le Comité se sépara, après avoir remis au lendemain soir sa troisième séance.

IX

LA QUESTION DES POUDRES

Restait à traiter la question des poudres. Le public attendait avec anxiété cette dernière décision. La grosseur du projectile, la longueur du canon étant données, quelle serait la quantité de poudre nécessaire pour produire l'impulsion? Cet agent terrible, dont l'homme a cependant maîtrisé les effets, allait être appelé à jouer son rôle dans des proportions inaccoutumées.

On sait généralement et l'on répète volontiers que la poudre fut inventée au XIVe siècle, par le moine Schwartz, qui paya de sa vie sa grande découverte. Mais il est à peu près prouvé maintenant que cette histoire doit être rangée parmi les légendes du Moyen Age. La poudre n'a été inventée par personne; elle dérive directement des feux grégeois, composés comme elle de soufre et de salpêtre.

Seulement, depuis cette époque, ces mélanges, qui n'étaient que des mélanges fusants, se sont transformés en mélanges détonants.

Mais si les érudits savent parfaitement la fausse histoire de la poudre, peu de gens se rendent compte de sa puissance mécanique. Or, c'est ce qu'il faut connaître pour comprendre l'importance de la question soumise au Comité.

Ainsi un litre de poudre pèse environ deux livres (— 900 grammes[1]); il produit en s'enflammant quatre cents litres de gaz, ces gaz rendus libres, et sous l'action d'une température portée à deux mille quatre cents degrés, occupent l'espace de quatre mille litres. Donc le volume de la poudre est aux volumes des gaz produits par sa déflagration comme un est à quatre mille. Que l'on juge alors de l'effrayante poussée de ces gaz lorsqu'ils sont comprimés dans un espace quatre mille fois trop resserré.

Voilà ce que savaient parfaitement les membres du Comité quand le lendemain ils entrèrent en séance. Barbicane donna la

---

1. La livre américaine est de 453 g.

Le moine Schwartz inventant la poudre. (Page 107.)

parole au major Elphiston, qui avait été
directeur des poudres pendant la guerre.

« Mes chers camarades, dit ce chimiste
distingué, je vais commencer par des chiffres
irrécusables qui nous serviront de base. Le
boulet de vingt-quatre dont nous parlait
avant-hier l'honorable J.-T. Maston en termes
si poétiques, n'est chassé de la bouche à feu
que par seize livres de poudre seulement.

— Vous êtes certain du chiffre ? demanda
Barbicane.

— Absolument certain, répondit le major.
Le canon Armstrong n'emploie que soixante-
quinze livres de poudre pour un projectile
de huit cents livres, et la Columbiad Rodman
ne dépense que cent soixante livres de poudre
pour envoyer à six milles son boulet d'une
demi-tonne. Ces faits ne peuvent être mis en
doute, car je les ai relevés moi-même dans les
procès-verbaux du Comité d'artillerie.

— Parfaitement, répondit le général.

— Eh bien ! reprit le major, voici la conséquence à tirer de ces chiffres, c'est que la
quantité de poudre n'augmente pas avec le
poids du boulet : en effet, s'il fallait seize livres
de poudre pour un boulet de vingt-quatre ;

en d'autres termes, si, dans les canons ordinaires, on emploie une quantité de poudre pesant les deux tiers du poids du projectile, cette proportionnalité n'est pas constante. Calculez, et vous verrez que, pour le boulet d'une demi-tonne, au lieu de trois cent trente-trois livres de poudre, cette quantité a été réduite à cent soixante livres seulement.

— Où voulez-vous en venir ? demanda le président.

— Si vous poussez votre théorie à l'extrême, mon cher major, dit J.-T. Maston, vous arriverez à ceci, que, lorsque votre boulet sera suffisamment lourd, vous ne mettrez plus de poudre du tout.

— Mon ami Maston est folâtre jusque dans les choses sérieuses, répliqua le major, mais qu'il se rassure; je proposerai bientôt des quantités de poudre qui satisferont son amour-propre d'artilleur. Seulement je tiens à constater que, pendant la guerre, et pour les plus gros canons, le poids de la poudre a été réduit, après expérience, au dixième du poids du boulet.

— Rien n'est plus exact, dit Morgan. Mais avant de décider la quantité de poudre néces-

saire pour donner l'impulsion, je pense qu'il
est bon de s'entendre sur sa nature.

— Nous emploierons de la poudre à gros
grains, répondit le major ; sa déflagration est
plus rapide que celle du pulvérin.

— Sans doute, répliqua Morgan, mais elle
est très brisante et finit par altérer l'âme .des
pièces.

— Bon ! ce qui est un inconvénient pour
un canon destiné à faire un long service n'en
est pas un pour notre Columbiad. Nous ne
courons aucun danger d'explosion, il faut que
la poudre s'enflamme instantanément, afin
que son effet mécanique soit complet.

— On pourrait, dit J.-T. Maston, percer
plusieurs lumières, de façon à mettre le feu
sur divers points à la fois.

— Sans doute, répondit Elphiston, mais
cela rendrait la manœuvre plus difficile. J'en
reviens donc à ma poudre à gros grains, qui
supprime ces difficultés.

— Soit, répondit le général.

— Pour charger sa Columbiad, reprit le
major, Rodman employait une poudre à
grains gros comme des châtaignes, faite avec
du charbon de saule simplement torréfié dans

des chaudières de fonte. Cette poudre était dure et luisante, ne laissait aucune trace sur la main, renfermait dans une grande proportion de l'hydrogène et de l'oxygène, déflagrait instantanément, et, quoique très brisante, ne détériorait pas sensiblement les bouches à feu.

— Eh bien! il me semble, répondit J.-T. Maston, que nous n'avons pas à hésiter, et que notre choix est tout fait.

— A moins que vous ne préfériez de la poudre d'or », répliqua le major en riant, ce qui lui valut un geste menaçant du crochet de son susceptible ami.

Jusqu'alors Barbicane s'était tenu en dehors de la discussion. Il laissait parler, il écoutait. Il avait évidemment une idée. Aussi se contenta-t-il simplement de dire :

« Maintenant, mes amis, quelle quantité de poudre proposez-vous ? »

Les trois membres du Gun-Club s'entre-regardèrent un instant.

« Deux cent mille livres, dit enfin Morgan.

— Cinq cent mille, répliqua le major.

— Huit cent mille livres ! » s'écria J.-T. Maston.

Cette fois, Elphiston n'osa pas taxer son

collègue d'exagération. En effet, il s'agissait
d'envoyer jusqu'à la Lune un projectile pesant
vingt mille livres et de lui donner une force
initiale de douze mille yards par seconde.
Un moment de silence suivit donc la triple
proposition faite par les trois collègues.

Il fut enfin rompu par le président Barbicane.

« Mes braves camarades, dit-il d'une voix
tranquille, je pars de ce principe que la résistance de notre canon construit dans des
conditions voulues est illimitée. Je vais donc
surprendre l'honorable J.-T. Maston en lui
disant qu'il a été timide dans ses calculs, et
je proposerai de doubler ses huit cent mille
livres de poudre.

— Seize cent mille livres? fit J.-T. Maston
en sautant sur sa chaise.

— Tout autant.

— Mais alors il faudra en revenir à mon
canon d'un demi-mille de longueur.

— C'est évident, dit le major.

— Seize cent mille livres de poudre, reprit
le secrétaire du Comité, occuperont un espace
de vingt-deux mille pieds cubes[1] environ;

---

1. Un peu moins de 800 mètres cubes.

or, comme votre canon n'a qu'une contenance de cinquante-quatre mille pieds cubes[1], il sera à moitié rempli, et l'âme ne sera plus assez longue pour que la détente des gaz imprime au projectile une suffisante impulsion. »

Il n'y avait rien à répondre. J.-T. Maston disait vrai. On regarda Barbicane.

« Cependant, reprit le président, je tiens à cette quantité de poudre. Songez-y, seize cent mille livres de poudre donneront naissance à six milliards de litres de gaz. Six milliards ! Vous entendez bien ?

— Mais alors comment faire ? demanda le général.

— C'est très simple ; il faut réduire cette énorme quantité de poudre, tout en lui conservant cette puissance mécanique.

— Bon ! mais par quel moyen ?

— Je vais vous le dire », répondit simplement Barbicane.

Ses interlocuteurs le dévorèrent des yeux.

« Rien n'est plus facile, en effet, reprit-il, que de ramener cette masse de poudre à un volume quatre fois moins considérable. Vous

---

1. Deux mille mètres cubes.

connaissez tous cette matière curieuse qui
constitue les tissus élémentaires des végétaux,
et qu'on nomme cellulose.

— Ah! fit le major, je vous comprends, mon
cher Barbicane.

— Cette matière, dit le président, s'obtient
à l'état de pureté parfaite dans divers corps,
et surtout dans le coton, qui n'est autre chose
que le poil des graines du cotonnier. Or, le
coton, combiné avec l'acide azotique à froid,
se transforme en une substance éminemment
insoluble, éminemment combustible, éminemment explosive. Il y a quelques années,
en 1832, un chimiste français, Braconnot,
découvrit cette substance, qu'il appela xyloï-
dine. En 1838, un autre Français, Pelouze,
en étudia les diverses propriétés, et enfin, en
1846, Shonbein, professeur de chimie à Bâle,
la proposa comme poudre de guerre. Cette
poudre, c'est le coton azotique...

— Ou pyroxyle, répondit Elphiston.

— Ou fulmi-coton, répliqua Morgan.

— Il n'y a donc pas un nom d'Américain
à mettre au bas de cette découverte? s'écria
J.-T. Maston, poussé par un vif sentiment
d'amour-propre national.

— Pas un, malheureusement, répondit le major.

— Cependant, pour satisfaire Maston, reprit le président, je lui dirai que les travaux d'un de nos concitoyens peuvent être rattachés à l'étude de la cellulose, car le collodion, qui est un des principaux agents de la photographie, est tout simplement du pyroxyle dissous dans l'éther additionné d'alcool, et il a été découvert par Maynard, alors étudiant en médecine à Boston.

— Eh bien! hurrah pour Maynard et pour le fulmi-coton! s'écria le bruyant secrétaire du Gun-Club.

— Je reviens au pyroxyle, reprit Barbicane. Vous connaissez ses propriétés, qui vont nous le rendre si précieux; il se prépare avec la plus grande facilité; du coton plongé dans de l'acide azotique fumant[1], pendant quinze minutes, puis lavé à grande eau, puis séché, et voilà tout.

— Rien de plus simple, en effet, dit Morgan.

— De plus, le pyroxyle est inaltérable à

---

1. Ainsi nommé, parce que, au contact de l'air humide, il répand d'épaisses fumées blanchâtres.

l'humidité, qualité précieuse à nos yeux, puisqu'il faudra plusieurs jours pour charger le canon; son inflammabilité a lieu à cent soixante-dix degrés au lieu de deux cent quarante, et sa déflagration est si subite, qu'on peut l'enflammer sur de la poudre ordinaire, sans que celle-ci ait le temps de prendre feu.

— Parfait, répondit le major.

— Seulement il est plus coûteux.

— Qu'importe? fit J.-T. Maston.

— Enfin il communique aux projectiles une vitesse quatre fois supérieure à celle de la poudre. J'ajouterai même que, si l'on y mêle les huit dixièmes de son poids de nitrate de potasse, sa puissance expansive est encore augmentée dans une grande proportion.

— Sera-ce nécessaire? demanda le major.

— Je ne le pense pas, répondit Barbicane. Ainsi donc, au lieu de seize cent mille livres de poudre, nous n'aurons que quatre cent mille livres de fulmi-coton, et comme on peut sans danger comprimer cinq cents livres de coton dans vingt-sept pieds cubes, cette matière n'occupera qu'une hauteur de trente toises dans la Columbiad. De cette façon, le boulet aura plus de sept cents pieds d'âme à parcourir sous l'effort de six milliards de litres de gaz, avant de prendre son vol vers l'astre des nuits! »

A cette période, J.-T. Maston ne put contenir son émotion; il se jeta dans les bras de son ami avec la violence d'un projectile, et il l'aurait défoncé, si Barbicane n'eût été bâti à l'épreuve de la bombe.

Cet incident termina la troisième séance du Comité. Barbicane et ses audacieux collègues, auxquels rien ne semblait impossible, venaient de résoudre la question si complexe du projectile, du canon et des poudres. Leur plan étant fait, il n'y avait qu'à l'exécuter.

« Un simple détail, une bagatelle », disait J.-T. Maston.

NOTA — Dans cette discussion le président Barbicane revendique pour l'un de ses compatriotes l'invention du collodion. C'est une erreur, n'en déplaise au brave J.-T. Maston, et elle vient de la similitude de deux noms.

En 1847, Maynard, étudiant en médecine à Boston, a bien eu l'idée d'employer le collodion au traitement des plaies, mais le collodion était connu en 1846. C'est à un Français, un esprit très distingué, un savant tout à la fois peintre, poète, philosophe, helléniste et chimiste, M. Louis Ménard, que revient l'honneur de cette grande découverte. — J. V.

X

UN ENNEMI SUR VINGT-CINQ MILLIONS D'AMIS

Le public américain trouvait un puissant intérêt dans les moindres détails de l'entreprise du Gun-Club. Il suivait jour par jour les discussions du Comité. Les plus simples préparatifs de cette grande expérience, les questions de chiffres qu'elle soulevait, les difficultés mécaniques à résoudre, en un mot, « sa mise en train », voilà ce qui le passionnait au plus haut degré.

Plus d'un an allait s'écouler entre le commencement des travaux et leur achèvement; mais ce laps de temps ne devait pas être vide d'émotions; l'emplacement à choisir pour le forage, la construction du moule, la fonte de la Columbiad, son chargement très périlleux, c'était là plus qu'il ne fallait pour exciter la curiosité publique. Le projectile, une fois lancé, échapperait aux regards en quelques dixièmes de seconde; puis, ce qu'il deviendrait, comme il se comporterait dans l'espace, de quelle façon il atteindrait la Lune, c'est ce qu'un petit nombre de privilégiés verraient seuls de leurs propres yeux. Ainsi donc, les préparatifs de l'expérience, les détails précis de l'exécution en constituaient alors le véritable intérêt.

Cependant, l'attrait purement scientifique de l'entreprise fut tout d'un coup surexcité par un incident.

On sait quelles nombreuses légions d'admirateurs et d'amis le projet Barbicane avait ralliées à son auteur. Pourtant, si honorable, si extraordinaire qu'elle fût, cette majorité ne devait pas être l'unanimité. Un seul homme, un seul dans tous les États de l'Union, protesta contre la tentative du Gun-Club; il l'attaqua avec violence, à chaque occasion; et la nature est ainsi faite, que Barbicane fut plus sensible à cette opposition d'un seul qu'aux applaudissements de tous les autres.

Cependant, il savait bien le motif de cette antipathie, d'où venait cette inimitié solitaire, pourquoi elle était personnelle et d'ancienne date, enfin dans quelle rivalité d'amour-propre elle avait pris naissance.

Cet ennemi persévérant, le président du Gun-Club ne l'avait jamais vu. Heureusement, car la rencontre de ces deux hommes eût certainement entraîné de fâcheuses conséquences. Ce rival était un savant comme Barbicane, une nature fière, audacieuse, convaincue, violente, un pur Yankee. On le nommait le capitaine Nicholl. Il habitait Philadelphie.

Personne n'ignore la lutte curieuse qui s'établit pendant la guerre fédérale entre le projectile et la cuirasse des navires blindés; celui-là destiné à percer celle-ci; celle-ci décidée à ne point se laisser percer. De là une transformation radicale de la marine dans les États des deux continents. Le boulet et la plaque luttèrent avec un acharnement sans exemple, l'un grossissant, l'autre s'épaississant dans une proportion constante. Les navires, armés de pièces formidables, marchaient au feu sous l'abri de leur invulnérable carapace. Les *Merrimac*, les *Monitor*, les *Ram-Tenesse*, les *Weckausen*[1] lançaient des projectiles énormes, après s'être cuirassés contre les

---

1. Navires de la marine américaine.

Le capitaine Nicholl. (Page 122.)

projectiles des autres. Ils faisaient à autrui ce qu'ils ne voulaient pas qu'on leur fît, principe immoral sur lequel repose tout l'art de la guerre.

Or, si Barbicane fut un grand fondeur de projectiles, Nicholl fut un grand forgeur de plaques. L'un fondait nuit et jour à Baltimore, et l'autre forgeait jour et nuit à Philadelphie. Chacun suivait un courant d'idées essentiellement opposé.

Aussitôt que Barbicane inventait un nouveau boulet, Nicholl inventait une nouvelle plaque. Le président du Gun-Club passait sa vie à percer des trous, le capitaine à l'en empêcher. De là une rivalité de tous les instants qui allait jusqu'aux personnes. Nicholl apparaissait dans les rêves de Barbicane sous la forme d'une cuirasse impénétrable contre laquelle il venait se briser, et Barbicane, dans les songes de Nicholl, comme un projectile qui le perçait de part en part.

Cependant, bien qu'ils suivissent deux lignes divergentes, ces savants auraient fini par se rencontrer, en dépit de tous les axiomes de géométrie; mais alors c'eût été sur le terrain du duel. Fort heureusement pour ces citoyens si utiles à leur pays, une distance de cinquante à soixante milles les séparait l'un de l'autre, et leurs amis hérissèrent la route de tels obstacles qu'ils ne se rencontrèrent jamais.

Maintenant, lequel des deux inventeurs l'avait emporté sur l'autre, on ne savait trop; les résultats obtenus rendaient difficile une juste appréciation. Il semblait cependant, en fin de compte, que la cuirasse devait finir par céder au boulet.

Néanmoins, il y avait doute pour les hommes compétents. Aux dernières expériences, les projectiles cylindro-coniques de Barbicane vinrent se ficher comme des épingles sur les plaques de Nicholl; ce jour-là, le forgeur de Philadelphie se crut victorieux et n'eut plus assez de mépris pour son rival; mais quand celui-ci substitua plus tard aux boulets coniques de simples obus de six cents livres, le capitaine dut en rabattre. En effet ces projectiles, quoique animés d'une vitesse médiocre[1], brisèrent, trouèrent, firent voler en morceaux les plaques du meilleur métal.

Or, les choses en étaient à ce point, la

---

1. Le poids de la poudre employée n'était que 1/12 du poids de l'obus.

victoire semblait devoir rester au boulet, quand la guerre finit le jour même où Nicholl terminait une nouvelle cuirasse d'acier forgé! C'était un chef-d'œuvre dans son genre; elle défiait tous les projectiles du monde. Le capitaine la fit transporter au polygone de Washington, en provoquant le président du Gun-Club à la briser. Barbicane, la paix étant faite, ne voulut pas tenter l'expérience.

Alors Nicholl, furieux, offrit d'exposer sa plaque au choc des boulets les plus invraisemblables, pleins, creux, ronds ou coniques. Refus du président qui, décidément, ne voulait pas compromettre son dernier succès.

Nicholl, surexcité par cet entêtement inqualifiable, voulut tenter Barbicane en lui laissant toutes les chances. Il proposa de mettre sa plaque à deux cents yards du canon. Barbicane de s'obstiner dans son refus. A cent yards? Pas même à soixante-quinze.

« A cinquante alors, s'écria le capitaine par la voix des journaux, à vingt-cinq yards ma plaque, et je me mettrai derrière! »

Barbicane fit répondre que, quand même le capitaine Nicholl se mettrait devant, il ne tirerait pas davantage.

Nicholl, à cette réplique, ne se contint plus; il en vint aux personnalités; il insinua que la poltronnerie était indivisible; que l'homme qui refuse de tirer un coup de canon est bien près d'en avoir peur; qu'en somme, ces artilleurs qui se battent maintenant à six milles de distance ont prudemment remplacé le courage individuel par les formules mathématiques, et qu'au surplus il y a autant de bravoure à attendre tranquillement un boulet derrière une plaque, qu'à l'envoyer dans toutes les règles de l'art.

A ces insinuations Barbicane ne répondit rien; peut-être même ne les connut-il pas, car alors les calculs de sa grande entreprise l'absorbaient entièrement.

Lorsqu'il fit sa fameuse communication au Gun-Club, la colère du capitaine Nicholl fut portée à son paroxysme. Il s'y mêlait une suprême jalousie et un sentiment absolu d'impuissance! Comment inventer quelque chose de mieux que cette Columbiad de neuf cents pieds! Quelle cuirasse résisterait jamais à un projectile de vingt mille livres! Nicholl demeura d'abord atterré, anéanti, brisé sous ce « coup de canon » puis il se releva, et résolut d'écraser la proposition du poids de ses arguments.

Il attaqua donc très violemment les travaux du Gun-Club; il publia nombre de lettres que les journaux ne se refusèrent pas à reproduire. Il essaya de démolir scientifiquement l'œuvre de Barbicane. Une fois la guerre entamée, il appela à son aide des raisons de tout ordre, et, à vrai dire, trop souvent spécieuses et de mauvais aloi.

D'abord, Barbicane fut très violemment attaqué dans ses chiffres; Nicholl chercha à prouver par A + B la fausseté de ses formules, et il l'accusa d'ignorer les principes rudimentaires de la balistique. Entre autres erreurs, et suivant ses calculs à lui, Nicholl, il était absolument impossible d'imprimer à un corps quelconque une vitesse de douze mille yards par seconde; il soutint, l'algèbre à la main, que, même avec cette vitesse, jamais un projectile aussi pesant ne franchirait les limites de l'atmosphère terrestre! Il n'irait seulement pas à huit lieues! Mieux encore. En regardant la vitesse comme acquise, en la tenant pour suffisante, l'obus ne résisterait pas à la pression des gaz développés par

Nicholl publia nombre de lettres. (Page 128.)

l'inflammation de seize cents mille livres de
poudre, et résistât-il à cette pression, du moins
il ne supporterait pas une pareille température,
il fondrait à sa sortie de la Columbiad et
retomberait en pluie bouillante sur le crâne
des imprudents spectateurs.

Barbicane, à ces attaques, ne sourcilla pas
et continua son œuvre.

Alors Nicholl prit la question sous d'autres
faces; sans parler de son inutilité à tous les
points de vue, il regarda l'expérience comme
fort dangereuse, et pour les citoyens qui
autoriseraient de leur présence un aussi con-
damnable spectacle, et pour les villes voisines
de ce déplorable canon; il fit également
remarquer que si le projectile n'atteignait
pas son but, résultat absolument impossible,
il retomberait évidemment sur la Terre, et
que la chute d'une pareille masse, multipliée
par le carré de sa vitesse, compromettrait
singulièrement quelque point du globe. Donc,
en pareille circonstance, et sans porter atteinte
aux droits de citoyens libres, il était des cas
où l'intervention du gouvernement devenait
nécessaire, et il ne fallait pas engager la sûreté
de tous pour le bon plaisir d'un seul.

On voit à quelle exagération se laissait entraîner le capitaine Nicholl. Il était seul de son opinion. Aussi personne ne tint compte de ses malencontreuses prophéties. On le laissa donc crier à son aise, et jusqu'à s'époumonner, puisque cela lui convenait. Il se faisait le défenseur d'une cause perdue d'avance; on l'entendait, mais on ne l'écoutait pas, et il n'enleva pas un seul admirateur au président du Gun-Club. Celui-ci, d'ailleurs, ne prit même pas la peine de rétorquer les arguments de son rival.

Nicholl, acculé dans ses derniers retranchements, et ne pouvant même pas payer de sa personne dans sa cause, résolut de payer de son argent. Il proposa donc publiquement dans l'*Enquirer* de Richmond une série de paris conçus en ces termes et suivant une proportion croissante.

Il paria :

1º Que les fonds nécessaires à l'entreprise du Gun-Club ne seraient pas faits, ci. . . . .   1 000 dollars

2º Que l'opération de la fonte d'un canon de neuf cents pieds

était impraticable et ne réussi-
rait pas, ci................. 2 000 —

3º Qu'il serait impossible de
charger la Columbiad, et que le
pyroxyle prendrait feu de lui-
même sous la pression du projectile, ci .... 3 000 —

4º Que la Columbiad éclate-
rait au premier coup, ci .... 4 000 —

5º Que le boulet n'irait pas
seulement à six milles et retomberait quelques secondes après
avoir été lancé, si .... 5 000 —

On le voit c'était une somme importante
que risquait le capitaine dans son invincible
entêtement. Il ne s'agissait pas moins de
quinze mille dollars[1].

Malgré l'importance du pari, le 19 mai,
il reçut un pli cacheté, d'un laconisme superbe
et conçu en ces termes :

Baltimore, 18 octobre.

Tenu.

BARBICANE.

_____

1. Quatre-vingt-un mille trois cents francs.

XI

FLORIDE ET TEXAS

CEPENDANT, une question restait encore à
décider : il fallait choisir un endroit favorable
à l'expérience. Suivant la recommandation
de l'Observatoire de Cambridge, le tir devait
être dirigé perpendiculairement au plan de
l'horizon, c'est-à-dire vers le zénith; or, la
Lune ne monte au zénith que dans les lieux
situés entre 0° et 28° de latitude, en d'autres
termes, sa déclinaison n'est que de 28°[1]. Il
s'agissait donc de déterminer exactement le
point du globe où serait fondue l'immense
Columbiad.

Le 20 octobre, le Gun-Club étant réuni
en séance générale, Barbicane apporta une
magnifique carte des États-Unis de Z. Belltropp.

---

1. La déclinaison d'un astre est sa latitude dans la
sphère céleste; l'ascension droite en est la longitude.

Mais, sans lui laisser le temps de la déployer, J.-T. Maston avait demandé la parole avec sa véhémence habituelle, et parlé en ces termes :

« Honorables collègues, la question qui va se traiter aujourd'hui a une véritable importance nationale, et elle va nous fournir l'occasion de faire un grand acte de patriotisme. »

Les membres du Gun-Club se regardèrent sans comprendre où l'orateur voulait en venir.

« Aucun de vous, reprit-il, n'a la pensée de transiger avec la gloire de son pays, et s'il est un droit que l'Union puisse revendiquer, c'est celui de receler dans ses flancs le formidable canon du Gun-Club. Or, dans les circonstances actuelles...

— Brave Maston... dit le président.

— Permettez-moi de développer ma pensée, reprit l'orateur. Dans les circonstances actuelles, nous sommes forcés de choisir un lieu assez rapproché de l'équateur, pour que l'expérience se fasse dans de bonnes conditions...

— Si vous voulez bien... dit Barbicane.

— Je demande la libre discussion des idées, répliqua le bouillant J.-T. Maston, et je soutiens que le territoire duquel s'élancera notre glorieux projectile doit appartenir à l'Union.

— Sans doute! répondirent quelques membres.

— Eh bien! puisque nos frontières ne sont pas assez étendues, puisque au sud l'Océan nous oppose une barrière infranchissable, puisqu'il nous faut chercher au-delà des États-Unis et dans un pays limitrophe ce vingt-huitième parallèle, c'est là un *casus belli* légitime, et je demande que l'on déclare la guerre au Mexique!

— Mais non! mais non! s'écria-t-on de toutes parts.

— Non! répliqua J.-T. Maston. Voilà un mot que je m'étonne d'entendre dans cette enceinte!

— Mais écoutez donc!...

— Jamais! jamais! s'écria le fougueux orateur. Tôt ou tard cette guerre se fera, et je demande qu'elle éclate aujourd'hui même.

— Maston, dit Barbicane en faisant détonner son timbre avec fracas, je vous retire la parole! »

Maston voulut répliquer, mais quelques-uns de ses collègues parvinrent à le contenir.

« Je conviens, dit Barbicane, que l'expérience ne peut et ne doit être tentée que sur le sol de l'Union, mais si mon impatient ami m'eût laissé parler, s'il eût jeté les yeux sur une carte, il saurait qu'il est parfaitement inutile de déclarer la guerre à nos voisins, car certaines frontières des États-Unis s'étendent au-delà du vingt-huitième parallèle. Voyez, nous avons à notre disposition toute la partie méridionale du Texas et des Florides. »

L'incident n'eut pas de suite; cependant, ce ne fut pas sans regret que J.-T. Maston se laissa convaincre. Il fut donc décidé que la Columbiad serait coulée, soit dans le sol du Texas, soit dans celui de la Floride. Mais cette décision devait créer une rivalité sans exemple entre les villes de ces deux États.

Le vingt-huitième parallèle, à sa rencontre avec la côte américaine, traverse la péninsule de la Floride et la divise en deux parties à peu près égales. Puis, se jetant dans le golfe du Mexique, il sous-tend l'arc formé par les côtes de l'Alabama, du Mississippi et de la Louisiane. Alors, abordant le Texas, dont il coupe un angle, il se prolonge à travers le Mexique, franchit la Sonora, enjambe la vieille Californie et va se perdre dans les mers du Pacifique. Il n'y avait donc que les portions

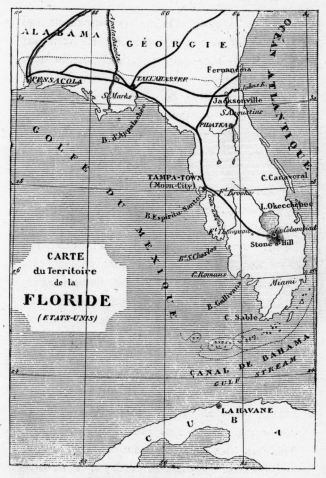

Carte de la Floride. (Page 136.)

du Texas et de la Floride, situées au-dessous
de ce parallèle, qui fussent dans les conditions
de latitude recommandées par l'Observatoire
de Cambridge.

La Floride, dans sa partie méridionale, ne
compte pas de cités importantes. Elle est
seulement hérissée de forts élevés contre les
Indiens errants. Une seule ville, Tampa-
Town, pouvait réclamer en faveur de sa
situation et se présenter avec ses droits.

Au Texas, au contraire, les villes sont plus
nombreuses et plus importantes, Corpus-
Christi, dans le county de Nueces, et toutes
les cités situées sur le Rio-Bravo, Laredo,
Comalites, San-Ignacio, dans le Web, Roma,
Rio-Grande-City, dans le Starr, Edinburg,
dans l'Hidalgo, Santa-Rita, el Panda, Browns-
ville, dans le Caméron, formèrent une ligue
imposante contre les prétentions de la Floride.

Aussi, la décision à peine connue, les députés
texiens et floridiens arrivèrent à Baltimore
par le plus court; à partir de ce moment,
le président Barbicane et les membres influents
du Gun-Club furent assiégés jour et nuit de
réclamations formidables. Si sept villes de la
Grèce se disputèrent l'honneur d'avoir vu naître

Homère, deux États tout entiers menaçaient
d'en venir aux mains à propos d'un canon.

On vit alors ces « frères féroces » se promener
en armes dans les rues de la ville. A chaque
rencontre, quelque conflit était à craindre,
qui aurait eu des conséquences désastreuses.
Heureusement la prudence et l'adresse du
président Barbicane conjurèrent ce danger.
Les démonstrations personnelles trouvèrent
un dérivatif dans les journaux des divers
États. Ce fut ainsi que le *New York Herald*
et la *Tribune* soutinrent le Texas, tandis que
le *Times* et l'*American Review* prirent fait et
cause pour les députés floridiens. Les membres
du Gun-Club ne savaient plus auquel entendre.

Le Texas arrivait fièrement avec ses vingt-
six comtés, qu'il semblait mettre en batterie;
mais la Floride répondait que douze comtés
pouvaient plus que vingt-six, dans un pays
six fois plus petit.

Le Texas se targuait fort de ses trois cent
trente mille indigènes, mais la Floride, moins
vaste, se vantait d'être plus peuplée avec
cinquante-six mille. D'ailleurs elle accusait
le Texas d'avoir une spécialité de fièvres
paludéennes qui lui coûtaient, bon an mal an,

plusieurs milliers d'habitants. Et elle n'avait
pas tort.

A son tour, le Texas répliquait qu'en fait
de fièvres la Floride n'avait rien à lui envier,
et qu'il était au moins imprudent de traiter
les autres de pays malsains, quand on avait
l'honneur de posséder le « vómito negro »
à l'état chronique. Et il avait raison.

« D'ailleurs, ajoutaient les Texiens par l'or-
gane du *New York Herald*, on doit des égards
à un État où pousse le plus beau coton de
toute l'Amérique, un État qui produit le
meilleur chêne vert pour la construction des
navires, un État qui renferme de la houille
superbe et des mines de fer dont le rendement
est de cinquante pour cent de minerai pur. »

A cela l'*American Review* répondait que le
sol de la Floride, sans être aussi riche, offrait
de meilleures conditions pour le moulage
et la fonte de la Columbiad, car il était composé de sable et de terre argileuse.

« Mais, reprenaient les Texiens, avant de
fondre quoi que ce soit dans un pays, il faut
arriver dans ce pays; or, les communications
avec la Floride sont difficiles, tandis que la
côte du Texas offre la baie de Galveston, qui

a quatorze lieues de tour et qui peut contenir les flottes du monde entier.

— Bon! répétaient les journaux dévoués aux Floridiens, vous nous la donnez belle avec votre baie de Galveston située au-dessus du vingt-neuvième parallèle. N'avons-nous pas la baie d'Espiritu-Santo, ouverte précisément sur le vingt-huitième degré de latitude, et par laquelle les navires arrivent directement à Tampa-Town?

— Jolie baie! répondait le Texas, elle est à demi ensablée!

— Ensablés vous-mêmes! s'écriait la Floride. Ne dirait-on pas que je suis un pays de sauvages?

— Ma foi, les Séminoles courent encore vos prairies!

— Eh bien! et vos Apaches et vos Comanches sont-ils donc civilisés! »

La guerre se soutenait ainsi depuis quelques jours, quand la Floride essaya d'entraîner son adversaire sur un autre terrain, et un matin le *Times* insinua que, l'entreprise étant « essentiellement américaine », elle ne pouvait être tentée que sur un territoire « essentiellement américain »!

A ces mots le Texas bondit : « Américains!

s'écria-t-il, ne le sommes-nous pas autant que vous? Le Texas et la Floride n'ont-ils pas été incorporés tous les deux à l'Union en 1845?

— Sans doute, répondit le *Times*, mais nous appartenons aux Américains depuis 1820.

— Je le crois bien, répliqua la *Tribune;* après avoir été Espagnols ou Anglais pendant deux cents ans, on vous a vendus aux États-Unis pour cinq millions de dollars!

— Et qu'importe! répliquèrent les Floridiens, devons-nous en rougir? En 1803, n'a-t-on pas acheté la Louisiane à Napoléon au prix de seize millions de dollars[1]?

— C'est une honte! s'écrièrent alors les députés du Texas. Un misérable morceau de terre comme la Floride, oser se comparer au Texas, qui, au lieu de se vendre, s'est fait indépendant lui-même, qui a chassé les Mexicains le 2 mars 1836, qui s'est déclaré république fédérative après la victoire remportée par Samuel Houston aux bords du San-Jacinto sur les troupes de Santa-Anna! Un pays enfin qui s'est adjoint volontairement aux États-Unis d'Amérique!

---

1. Quatre-vingt-deux millions de francs.

— Parce qu'il avait peur des Mexicains! »
répondit la Floride.

Peur! Du jour où ce mot, vraiment trop vif,
fut prononcé, la position devint intolérable.
On s'attendit à un égorgement des deux partis
dans les rues de Baltimore. On fut obligé de
garder les députés à vue.

Le président Barbicane ne savait où donner
de la tête. Les notes, les documents, les lettres
grosses de menaces pleuvaient dans sa maison.
Quel parti devait-il prendre? Au point de
vue de l'appropriation du sol, de la facilité
des communications, de la rapidité des trans-
ports, les droits des deux États étaient véritablement égaux. Quant aux personnalités politiques, elles n'avaient que faire dans la question.

Or, cette hésitation, cet embarras durait
déjà depuis longtemps, quand Barbicane résolut d'en sortir; il réunit ses collègues, et la
solution qu'il leur proposa fut profondément
sage, comme on va le voir.

« En considérant bien, dit-il, ce qui vient
de se passer entre la Floride et le Texas, il est
évident que les mêmes difficultés se repro-
duiront entre les villes de l'État favorisé. La
rivalité descendra du genre à l'espèce, de

On fut obligé de garder les députés à vue. (Page 143.)

l'État à la Cité, et voilà tout. Or, le Texas possède onze villes dans les conditions voulues, qui se disputeront l'honneur de l'entreprise et nous créeront de nouveaux ennuis, tandis que la Floride n'en a qu'une. Va donc pour la Floride et pour Tampa-Town! »

Cette décision, rendue publique, atterra les députés du Texas. Ils entrèrent dans une indescriptible fureur et adressèrent des provocations nominales aux divers membres du Gun-Club. Les magistrats de Baltimore n'eurent plus qu'un parti à prendre, et ils le prirent. On fit chauffer un train spécial, on y embarqua les Texiens bon gré mal gré, et ils quittèrent la ville avec une rapidité de trente milles à l'heure.

Mais, si vite qu'ils fussent emportés, ils eurent le temps de jeter un dernier et menaçant sarcasme à leurs adversaires.

Faisant allusion au peu de largeur de la Floride, simple presqu'île resserrée entre deux mers, ils prétendirent qu'elle ne résisterait pas à la secousse du tir et qu'elle sauterait au premier coup de canon.

« Eh bien! qu'elle saute! » répondirent les Floridiens avec un laconisme digne des temps antiques.

XII

Les difficultés astronomiques, mécaniques, topographiques une fois résolues, vint la question d'argent. Il s'agissait de se procurer une somme énorme pour l'exécution du projet. Nul particulier, nul État même n'aurait pu disposer des millions nécessaires.

Le président Barbicane prit donc le parti, bien que l'entreprise fût américaine, d'en faire une affaire d'un intérêt universel et de demander à chaque peuple sa coopération financière. C'était à la fois le droit et le devoir de toute la Terre d'intervenir dans les affaires de son satellite. La souscription ouverte dans ce but s'étendit de Baltimore au monde entier, *urbi et orbi*.

Cette souscription devait réussir au-delà de toute espérance. Il s'agissait cependant de sommes à donner, non à prêter. L'opération était purement désintéressée dans le sens littéral du mot, et n'offrait aucune chance de bénéfice.

Mais l'effet de la communication Barbicane ne s'était pas arrêté aux frontières des États-Unis; il avait franchi l'Atlantique et le Pacifique, envahissant à la fois l'Asie et l'Europe, l'Afrique et l'Océanie. Les observatoires de l'Union se mirent en rapport immédiat avec les observatoires des pays étrangers; les uns, ceux de Paris, de Pétersbourg, du Cap, de Berlin, d'Altona, de Stockholm, de Varsovie, de Hambourg, de Bude, de Bologne, de Malte, de Lisbonne, de Bénarès, de Madras, de Péking, firent parvenir leurs compliments au Gun-Club; les autres gardèrent une prudente expectative.

Quant à l'observatoire de Greenwich, approuvé par les vingt-deux autres établissements astronomiques de la Grande-Bretagne, il fut net; il nia hardiment la possibilité du succès, et se rangea aux théories du capitaine Nicholl. Aussi, tandis que diverses sociétés savantes promettaient d'envoyer des délégués à Tampa-Town, le bureau de Greenwich, réuni en séance, passa brutalement à l'ordre du jour sur la proposition Barbicane. C'était là de la belle et bonne jalousie anglaise. Pas autre chose.

En somme, l'effet fut excellent dans le monde scientifique, et de là il passa parmi les masses, qui, en général, se passionnèrent pour la question. Fait d'une haute importance, puisque ces masses allaient être appelées à souscrire un capital considérable.

Le président Barbicane, le 8 octobre, avait lancé un manifeste empreint d'enthousiasme, et dans lequel il faisait appel « à tous les hommes de bonne volonté sur la Terre ». Ce document, traduit en toutes langues, réussit beaucoup.

Les souscriptions furent ouvertes dans les principales villes de l'Union pour se centraliser à la banque de Baltimore, 9, Baltimore street; puis on souscrivit dans les différents États des deux continents :

A Vienne, chez S.-M. de Rothschild;

A Pétersbourg, chez Stieglitz et Ce;

A Paris, au Crédit mobilier;

A Stockholm, chez Tottie et Arfuredson;

A Londres, chez N.-M. de Rothschild et fils;

A Turin, chez Ardouin et Ce;

A Berlin, chez Mendelssohn;

A Genève, chez Lombard, Odier et Ce.

Les souscriptions furent ouvertes. (Page 148.)

A Constantinople, à la Banque Ottomane;

A Bruxelles, chez S. Lambert;

A Madrid, chez Daniel Weisweller;

A Amsterdam, au Crédit Néerlandais;

A Rome, chez Torlonia et Ce;

A Lisbonne, chez Lecesñe;

A Copenhague, à la Banque privée;

A Buenos Aires, à la Banque Maua;

A Rio de Janeiro, même maison;

A Montevideo, même maison;

A Valparaiso, chez Thomas La Chambre et Ce;

A Mexico, chez Martin Daran et Ce;

A Lima, chez Thomas La Chambre et Ce.

Trois jours après le manifeste du président Barbicane, quatre millions de dollars[1] étaient versés dans les différentes villes de l'Union. Avec un pareil acompte, le Gun-Club pouvait déjà marcher.

Mais, quelques jours plus tard, les dépêches apprenaient à l'Amérique que les souscriptions étrangères se couvraient avec un véritable empressement. Certains pays se distinguaient par leur générosité; d'autres se desserraient

---

1. Vingt et un millions de francs (21 680 000).

moins facilement. Affaire de tempérament.

Du reste, les chiffres sont plus éloquents que les paroles, et voici l'état officiel des sommes qui furent portées à l'actif du Gun-Club, après souscription close.

La Russie versa pour son contingent l'énorme somme de trois cent soixante-huit mille sept cent trente-trois roubles[1]. Pour s'en étonner, il faudrait méconnaître le goût scientifique des Russes et le progrès qu'ils impriment aux études astronomiques, grâce à leurs nombreux observatoires, dont le principal a coûté deux millions de roubles.

La France commença par rire de la prétention des Américains. La Lune servit de prétexte à mille calembours usés et à une vingtaine de vaudevilles, dans lesquels le mauvais goût le disputait à l'ignorance. Mais, de même que les Français payèrent jadis après avoir chanté, ils payèrent, cette fois, après avoir ri, et ils souscrivirent pour une somme de douze cent cinquante-trois mille neuf cent trente francs. A ce prix-là, ils avaient bien le droit de s'égayer un peu.

---

1. Un million quatre cent soixante-quinze mille francs.

L'Autriche se montra suffisamment généreuse au milieu de ses tracas financiers. Sa part s'éleva dans la contribution publique à la somme de deux cent seize mille florins[1], qui furent les bienvenus.

Cinquante-deux mille rixdales[2], tel fut l'appoint de la Suède et de la Norvège. Le chiffre était considérable relativement au pays; mais il eût été certainement plus élevé, si la souscription avait eu lieu à Christiania en même temps qu'à Stockholm. Pour une raison ou pour une autre, les Norvégiens n'aiment pas à envoyer leur argent en Suède.

La Prusse, par un envoi de deux cent cinquante mille thalers[3], témoigna de sa haute approbation pour l'entreprise. Ses différents observatoires contribuèrent avec empressement pour une somme importante et furent les plus ardents à encourager le président Barbicane.

La Turquie se conduisit généreusement; mais elle était personnellement intéressée dans l'affaire; la Lune, en effet, règle le cours de

---

1. Cinq cent vingt mille francs.
2. Deux cent quatre-vingt-quatorze mille trois cent vingt francs.
3. Neuf cent trente-sept mille cinq cents francs.

ses années et son jeûne du Ramadan. Elle ne pouvait faire moins que de donner un million trois cent soixante-douze mille six cent quarante piastres[1], et elle les donna avec une ardeur qui dénonçait, cependant, une certaine pression du gouvernement de la Porte.

La Belgique se distingua entre tous les États de second ordre par un don de cinq cent treize mille francs, environ douze centimes par habitant.

La Hollande et ses colonies s'intéressèrent dans l'opération pour cent dix mille florins[2], demandant seulement qu'il leur fût fait une bonification de cinq pour cent d'escompte, puisqu'elles payaient comptant.

Le Danemark, un peu restreint dans son territoire, donna cependant neuf mille ducats fins[3], ce qui prouve l'amour des Danois pour les expéditions scientifiques.

La Confédération germanique s'engagea pour trente-quatre mille deux cent quatre-vingt-

1. Trois cent quarante-trois mille cent soixante francs.
2. Deux cent trente-cinq mille quatre cents francs.
3. Cent dix-sept mille quatre cent quatorze francs.

cinq florins[1]; on ne pouvait rien lui demander de plus; d'ailleurs, elle n'eût pas donné davantage.

Quoique très gênée, l'Italie trouva deux cent mille lires dans les poches de ses enfants, mais en les retournant bien. Si elle avait eu la Vénétie, elle aurait fait mieux; mais enfin elle n'avait pas la Vénétie.

Les États de l'Église ne crurent pas devoir envoyer moins de sept mille quarante écus romains[2], et le Portugal poussa son dévouement à la science jusqu'à trente mille cruzades[3].

Quant au Mexique, ce fut le denier de la veuve, quatre-vingt-six piastres fortes[4]; mais les empires qui se fondent sont toujours un peu gênés.

Deux cent cinquante-sept francs, tel fut l'apport modeste de la Suisse dans l'œuvre américaine. Il faut le dire franchement, la Suisse ne voyait point le côté pratique de l'opération; il ne lui semblait pas que l'action

---

1. Soixante-douze mille francs.
2. Trente-huit mille seize francs.
3. Cent treize mille deux cents francs.
4. Mille sept cent vingt-sept francs.

d'envoyer un boulet dans la Lune fût de nature à établir des relations d'affaires avec l'astre des nuits, et il lui paraissait peu prudent d'engager ses capitaux dans une entreprise aussi aléatoire. Après tout, la Suisse avait peut-être raison.

Quant à l'Espagne, il lui fut impossible de réunir plus de cent dix réaux[1]. Elle donna pour prétexte qu'elle avait ses chemins de fer à terminer. La vérité est que la science n'est pas très bien vue dans ce pays-là. Il est encore un peu arriéré. Et puis certains Espagnols, non des moins instruits, ne se rendaient pas un compte exact de la masse du projectile comparée à celle de la Lune; ils craignaient qu'il ne vînt à déranger son orbite, à la troubler dans son rôle de satellite et à provoquer sa chute à la surface du globe terrestre. Dans ce cas-là, il valait mieux s'abstenir. Ce qu'ils firent, à quelques réaux près.

Restait l'Angleterre. On connaît la méprisante antipathie avec laquelle elle accueillit la proposition Barbicane. Les Anglais n'ont qu'une seule et même âme pour les vingt-cinq

1. Cinquante-neuf francs quarante-huit centimes.

millions d'habitants que renferme la Grande-Bretagne. Ils donnèrent à entendre que l'entreprise du Gun-Club était contraire « au principe de non-intervention », et ils ne souscrivirent même pas pour un farthing.

A cette nouvelle, le Gun-Club se contenta de hausser les épaules et revint à sa grande affaire. Quand l'Amérique du Sud, c'est-à-dire le Pérou, le Chili, le Brésil, les provinces de la Plata, la Colombie, eurent pour leur quote-part versé entre ses mains la somme de trois cent mille dollars[1], il se trouva à la tête d'un capital considérable, dont voici le décompte :

Souscription des États-Unis   4 000 000 dollars
Souscriptions étrangères ..   1 446 675 dollars

Total   ....   5 446 675 dollars

C'était donc cinq millions quatre cent quarante-six mille six cent soixante-quinze dollars[2] que le public versait dans la caisse du Gun-Club.

Que personne ne soit surpris de l'importance de la somme. Les travaux de la fonte, du

---

1. Un million six cent vingt-six mille francs.
2. Vingt-neuf millions cinq cent vingt mille neuf cent quatre-vingt-trois francs quarante centimes.

forage, de la maçonnerie, le transport des ouvriers, leur installation dans un pays presque inhabité, les constructions de fours et de bâtiments, l'outillage des usines, la poudre, le projectile, les faux frais, devaient, suivant les devis, l'absorber à peu près tout entière. Certains coups de canon de la guerre fédérale sont revenus à mille dollars; celui du président Barbicane, unique dans les fastes de l'artillerie, pouvait bien coûter cinq mille fois plus.

Le 20 octobre, un traité fut conclu avec l'usine de Goldspring, près New York, qui, pendant la guerre, avait fourni à Parrott ses meilleurs canons de fonte.

Il fut stipulé, entre les parties contractantes, que l'usine de Goldspring s'engageait à transporter à Tampa-Town, dans la Floride méridionale, le matériel nécessaire pour la fonte de la Columbiad. Cette opération devait être terminée, au plus tard, le 15 octobre prochain, et le canon livré en bon état, sous peine d'une indemnité de cent dollars[1] par jour jusqu'au moment où la Lune se présenterait dans les mêmes conditions, c'est-à-dire dans dix-huit

---

1. Cinq cent quarante-deux francs.

ans et onze jours. L'engagement des ouvriers, leur paie, les aménagements nécessaires incombaient à la compagnie du Goldspring.

Ce traité, fait double et de bonne foi, fut signé par I. Barbicane, président du Gun-Club, et J. Murchison, directeur de l'usine de Goldspring, qui approuvèrent l'écriture de part et d'autre.

XIII

STONE'S-HILL

Depuis le choix fait par les membres du Gun-Club au détriment du Texas, chacun en Amérique, où tout le monde sait lire, se fit un devoir d'étudier la géographie de la Floride. Jamais les libraires ne vendirent tant de *Bartram's travel in Florida*, de *Roman's natural history of East and West Florida*, de *William's territory of Florida*, de *Cleland on the culture of the Sugar-Cane in East Florida*. Il fallut imprimer de nouvelles éditions. C'était une fureur.

L'usine de Goldspring, près New York. (Page 158.)

Barbicane avait mieux à faire qu'à lire;
il voulait voir de ses propres yeux et marquer
l'emplacement de la Columbiad. Aussi, sans
perdre un instant, il mit à la disposition de
l'Observatoire de Cambridge les fonds nécessaires à la construction d'un télescope, et traita
avec la maison Breadwill and Cº d'Albany,
pour la confection du projectile en aluminium;
puis il quitta Baltimore, accompagné de
J.-T. Maston, du major Elphiston et du
directeur de l'usine de Goldspring.

Le lendemain, les quatre compagnons de
route arrivèrent à La Nouvelle-Orléans. Là
ils s'embarquèrent immédiatement sur le *Tampico*, aviso de la marine fédérale, que le gouvernement mettait à leur disposition, et, les
feux étant poussés, les rivages de la Louisiane
disparurent bientôt à leurs yeux.

La traversée ne fut pas longue; deux jours
après son départ, le *Tampico*, ayant franchi
quatre cent quatre-vingts milles[1], eut connaissance de la côte floridienne. En approchant,
Barbicane se vit en présence d'une terre basse,
plate, d'un aspect assez infertile. Après avoir

---

1. Environ deux cents lieues.

rangé une suite d'anses riches en huîtres et en homards, le *Tampico* donna dans la baie d'Espiritu-Santo.

Cette baie se divise en deux rades allongées, la rade de Tampa et la rade d'Hillisboro, dont le steamer franchit bientôt le goulet. Peu de temps après, le fort Broocke dessina ses batteries rasantes au-dessus des flots, et la ville de Tampa apparut, négligemment couchée au fond du petit port naturel formé par l'embouchure de la rivière Hillisboro.

Ce fut là que le *Tampico* mouilla, le 22 octobre, à sept heures du soir; les quatre passagers débarquèrent immédiatement.

Barbicane sentit son cœur battre avec violence lorsqu'il foula le sol floridien; il semblait le tâter du pied, comme fait un architecte d'une maison dont il éprouve la solidité. J.-T. Maston grattait la terre du bout de son crochet.

« Messieurs, dit alors Barbicane, nous n'avons pas de temps à perdre, et dès demain nous monterons à cheval pour reconnaître le pays. »

Au moment où Barbicane avait atterri, les trois mille habitants de Tampa-Town

Tampa-Town, avant l'opération. (Page 161.)

s'étaient portés à sa rencontre, honneur bien
dû au président du Gun-Club qui les avait
favorisés de son choix. Ils le reçurent au milieu
d'acclamations formidables; mais Barbicane
se déroba à toute ovation, gagna une chambre
de l'hôtel Franklin et ne voulut recevoir personne. Le métier d'homme célèbre ne lui
allait décidément pas.

Le lendemain, 23 octobre, de petits chevaux
de race espagnole, pleins de vigueur et de feu,
piaffaient sous ses fenêtres. Mais, au lieu de
quatre, il y en avait cinquante, avec leurs
cavaliers. Barbicane descendit, accompagné
de ses trois compagnons, et s'étonna tout
d'abord de se trouver au milieu d'une pareille
cavalcade. Il remarqua en outre que chaque
cavalier portait une carabine en bandoulière
et des pistolets dans ses fontes. La raison d'un
tel déploiement de forces lui fut aussitôt donnée
par un jeune Floridien, qui lui dit :

« Monsieur, il y a les Séminoles.

— Quels Séminoles?

— Des sauvages qui courent les prairies,
et il nous a paru prudent de vous faire escorte.

— Peuh! fit J.-T. Maston en escaladant
sa monture.

— Enfin, reprit le Floridien, c'est plus sûr.

— Messieurs, répondit Barbicane, je vous remercie de votre attention, et maintenant, en route! »

La petite troupe s'ébranla aussitôt et disparut dans un nuage de poussière. Il était cinq heures du matin; le soleil resplendissait déjà et le thermomètre marquait 84°[1]; mais de fraîches brises de mer modéraient cette excessive température.

Barbicane, en quittant Tampa-Town, descendit vers le sud et suivit la côte, de manière à gagner le creek[2] d'Alifia. Cette petite rivière se jette dans la baie Hillisboro, à douze milles au-dessous de Tampa-Town. Barbicane et son escorte côtoyèrent sa rive droite en remontant vers l'est. Bientôt les flots de la baie disparurent derrière un pli de terrain, et la campagne floridienne s'offrit seule aux regards.

La Floride se divise en deux parties : l'une au nord, plus populeuse, moins abandonnée, a Tallahassee pour capitale et Pensacola, l'un

---

1. Du thermomètre Fahrenheit. Cela fait 28 degrés centigrades.
2. Petit cours d'eau.

des principaux arsenaux maritimes des États-Unis; l'autre, pressée entre l'Atlantique et le golfe du Mexique, qui l'étreignent de leurs eaux, n'est qu'une mince presqu'île rongée par le courant du Gulf-Stream, pointe de terre perdue au milieu d'un petit archipel, et que doublent incessamment les nombreux navires du canal de Bahama. C'est la sentinelle avancée du golfe des grandes tempêtes. La superficie de cet État est de trente-huit millions trente-trois mille deux cent soixante-sept acres [1], parmi lesquels il fallait en choisir un situé en deçà du vingt-huitième parallèle et convenable à l'entreprise; aussi Barbicane, en chevauchant, examinait attentivement la configuration du sol et sa distribution particulière.

La Floride, découverte par Juan Ponce de León, en 1512, le jour des Rameaux, fut d'abord nommée Pâques-Fleuries. Elle méritait peu cette appellation charmante sur ses côtes arides et brûlées. Mais, à quelques milles du rivage, la nature du terrain changea peu à peu, et le pays se montra digne de son

---

1. Quinze millions trois cent soixante-cinq mille quatre cent quarante hectares.

nom; le sol était entrecoupé d'un réseau de creeks, de rios, de cours d'eau, d'étangs, de petits lacs; on se serait cru dans la Hollande ou la Guyane; mais la campagne s'éleva sensiblement et montra bientôt ses plaines cultivées, où réussissaient toutes les productions végétales du Nord et du Midi, ses champs immenses dont le soleil des tropiques et les eaux conservées dans l'argile du sol faisaient tous les frais de culture, puis enfin ses prairies d'ananas, d'ignames, de tabac, de riz, de coton et de canne à sucre, qui s'étendaient à perte de vue, en étalant leurs richesses avec une insouciante prodigalité.

Barbicane parut très satisfait de constater l'élévation progressive du terrain, et, lorsque J.-T. Maston l'interrogea à ce sujet :

« Mon digne ami, lui répondit-il, nous avons un intérêt de premier ordre à couler notre Columbiad dans les hautes terres.

— Pour être plus près de la Lune ? s'écria le secrétaire du Gun-Club.

— Non! répondit Barbicane en souriant. Qu'importent quelques toises de plus ou de moins ? Non, mais au milieu de terrains élevés, nos travaux marcheront plus facilement; nous n'aurons pas à lutter avec les eaux, ce qui nous évitera des tubages longs et coûteux, et c'est à considérer, lorsqu'il s'agit de forer un puits de neuf cents pieds de profondeur.

— Vous avez raison, dit alors l'ingénieur Murchison; il faut, autant que possible, éviter les cours d'eau pendant le forage; mais si nous rencontrons des sources, qu'à cela ne tienne, nous les épuiserons avec nos machines, ou nous les détournerons. Il ne s'agit pas ici d'un puits artésien[1], étroit et obscur, où le taraud, la douille, la sonde, en un mot tous les outils du foreur, travaillent en aveugles. Non. Nous opérerons à ciel ouvert, au grand jour, la pioche ou le pic à la main, et, la mine aidant, nous irons rapidement en besogne.

— Cependant, reprit Barbicane, si par l'élévation du sol ou sa nature nous pouvons éviter une lutte avec les eaux souterraines, le travail en sera plus rapide et plus parfait; cherchons donc à ouvrir notre tranchée dans un terrain

---

1. On a mis neuf ans à forer le puits de Grenelle; il a cinq cent quarante-sept mètres de profondeur.

situé à quelques centaines de toises au-dessus du niveau de la mer.

— Vous avez raison, monsieur Barbicane, et, si je ne me trompe, nous trouverons avant peu un emplacement convenable.

— Ah! je voudrais être au premier coup de pioche, dit le président.

— Et moi au dernier! s'écria J.-T. Maston.

— Nous y arriverons, messieurs, répondit l'ingénieur, et, croyez-moi, la compagnie du Goldspring n'aura pas à vous payer d'indemnité de retard.

— Par sainte Barbe! vous aurez raison! répliqua J.-T. Maston; cent dollars par jour jusqu'à ce que la Lune se représente dans les mêmes conditions, c'est-à-dire pendant dix-huit ans et onze jours, savez-vous bien que cela ferait six cent cinquante-huit mille cent dollars[1]?

— Non, monsieur, nous ne le savons pas, répondit l'ingénieur, et nous n'aurons pas besoin de l'apprendre. »

Vers dix heures du matin. la petite troupe

---

2. Trois millions cinq cent soixante-six mille neuf cent deux francs.

avait franchi une douzaine de milles; aux
campagnes fertiles succédait alors la région
des forêts. Là, croissaient les essences les plus
variées avec une profusion tropicale. Ces
forêts presque impénétrables étaient faites
de grenadiers, d'orangers, de citronniers, de
figuiers, d'oliviers, d'abricotiers, de bananiers,
de grands ceps de vigne, dont les fruits et les
fleurs rivalisaient de couleurs et de parfums.
A l'ombre odorante de ces arbres magnifiques
chantait et volait tout un monde d'oiseaux
aux brillantes couleurs, au milieu desquels
on distinguait plus particulièrement des cra-
biers, dont le nid devait être un écrin, pour
être digne de ces bijoux emplumés.

J.-T. Maston et le major ne pouvaient se
trouver en présence de cette opulente nature
sans en admirer les splendides beautés. Mais
le président Barbicane, peu sensible à ces
merveilles, avait hâte d'aller en avant; ce
pays si fertile lui déplaisait par sa fertilité
même; sans être autrement hydroscope, il
sentait l'eau sous ses pas et cherchait, mais
en vain, les signes d'une incontestable aridité.

Cependant on avançait; il fallut passer
à gué plusieurs rivières, et non sans quelque

Il fallut passer à gué plusieurs rivières. (Page 169.)

danger, car elles étaient infestées de caïmans longs de quinze à dix-huit pieds. J.-T. Maston les menaça hardiment de son redoutable crochet, mais il ne parvint à effrayer que les pélicans, les sarcelles, les phaétons, sauvages habitants de ces rives, tandis que de grands flamants rouges le regardaient d'un air stupide.

Enfin ces hôtes des pays humides disparurent à leur tour; les arbres moins gros s'éparpillèrent dans les bois moins épais; quelques groupes isolés se détachèrent au milieu de plaines infinies où passaient des troupeaux de daims effarouchés.

« Enfin! s'écria Barbicane en se dressant sur ses étriers, voici la région des pins!

— Et celle des sauvages », répondit le major.

En effet, quelques Séminoles apparaissaient à l'horizon; ils s'agitaient, ils couraient de l'un à l'autre sur leurs chevaux rapides, brandissant de longues lances ou déchargeant leurs fusils à détonation sourde; d'ailleurs ils se bornèrent à ces démonstrations hostiles, sans inquiéter Barbicane et ses compagnons.

Ceux-ci occupaient alors le milieu d'une plaine rocailleuse, vaste espace découvert d'une étendue de plusieurs acres, que le soleil inon-

dait de rayons brûlants. Elle était formée par
une large extumescence du terrain, qui semblait offrir aux membres du Gun-Club toutes
les conditions requises pour l'établissement de
leur Columbiad.

« Halte! dit Barbicane en s'arrêtant. Cet
endroit a-t-il un nom dans le pays?

— Il s'appelle Stone's-Hill[1] », répondit un
des Floridiens.

Barbicane, sans mot dire, mit pied à terre,
prit ses instruments et commença à relever
sa position avec une extrême précision; la
petite troupe, rangée autour de lui, l'examinait
en gardant un profond silence.

En ce moment le soleil passait au méridien.
Barbicane, après quelques instants, chiffra
rapidement le résultat de ses observations
et dit :

« Cet emplacement est situé à trois cents
toises au-dessus du niveau de la mer par 27°7'
de latitude et 5°7' de longitude ouest[2]; il me
paraît offrir par sa nature aride et rocailleuse

---

1. Colline de pierres.
2. Au méridien de Washington. La différence avec
le méridien de Paris est de 79°22'. Cette longitude
est donc en mesure française 83°25'.

toutes les conditions favorables à l'expérience ;
c'est donc dans cette plaine que s'élèveront
nos magasins, nos ateliers, nos fourneaux,
les huttes de nos ouvriers, et c'est d'ici, d'ici
même, répéta-t-il en frappant du pied le
sommet de Stone's-Hill, que notre projectile
s'envolera vers les espaces du monde solaire ! »

XIV

PIOCHE ET TRUELLE

Le soir même, Barbicane et ses compagnons
rentraient à Tampa-Town, et l'ingénieur Murchison se réembarquait sur le *Tampico* pour
La Nouvelle-Orléans. Il devait embaucher
une armée d'ouvriers et ramener la plus grande
partie du matériel. Les membres du Gun-Club
demeurèrent à Tampa-Town, afin d'organiser
les premiers travaux en s'aidant des gens du
pays.

Huit jours après son départ, le *Tampico*
revenait dans la baie d'Espiritu-Santo avec

une flottille de bateaux à vapeur. Murchison avait réuni quinze cents travailleurs. Aux mauvais jours de l'esclavage, il eût perdu son temps et ses peines. Mais depuis que l'Amérique, la terre de la liberté, ne comptait plus que des hommes libres dans son sein, ceux-ci accouraient partout où les appelait une main-d'œuvre largement rétribuée. Or, l'argent ne manquait pas au Gun-Club; il offrait à ses hommes une haute paie, avec gratifications considérables et proportionnelles. L'ouvrier embauché pour la Floride pouvait compter, après l'achèvement des travaux, sur un capital déposé en son nom à la banque de Baltimore. Murchison n'eut donc que l'embarras du choix, et il put se montrer sévère sur l'intelligence et l'habileté de ses travailleurs. On est autorisé à croire qu'il enrôla dans sa laborieuse légion l'élite des mécaniciens, des chauffeurs, des fondeurs, des chaufourniers, des mineurs, des briquetiers et des manœuvres de tout genre, noirs ou blancs, sans distinction de couleur. Beaucoup d'entre eux emmenaient leur famille. C'était une véritable émigration.

Le 31 octobre, à dix heures du matin, cette troupe débarqua sur les quais de Tampa-

Town; on comprend le mouvement et l'activité qui régnèrent dans cette petite ville dont on doublait en un jour la population. En effet, Tampa-Town devait gagner énormément à cette initiative du Gun-Club, non par le nombre des ouvriers, qui furent dirigés immédiatement sur Stone's-Hill, mais grâce à cette affluence de curieux qui convergèrent peu à peu de tous les points du globe vers la presqu'île floridienne.

Pendant les premiers jours, on s'occupa de décharger l'outillage apporté par la flottille, les machines, les vivres, ainsi qu'un assez grand nombre de maisons de tôles faites de pièces démontées et numérotées. En même temps, Barbicane plantait les premiers jalons d'un railway long de quinze milles et destiné à relier Stone's-Hill à Tampa-Town.

On sait dans quelles conditions se fait le chemin de fer américain; capricieux dans ses détours, hardi dans ses pentes, méprisant les garde-fous et les ouvrages d'art, escaladant les collines, dégringolant les vallées, le railroad court en aveugle et sans souci de la ligne droite; il n'est pas coûteux, il n'est point gênant; seulement, on y déraille et l'on y

saute en toute liberté. Le chemin de Tampa-
Town à Stone's-Hill ne fut qu'une simple
bagatelle, et ne demanda ni grand temps
ni grand argent pour s'établir.

Du reste, Barbicane était l'âme de ce monde
accouru à sa voix; il l'animait, il lui communi-
quait son souffle, son enthousiasme, sa conviction; il se trouvait en tous lieux, comme s'il
eût été doué du don d'ubiquité et toujours
suivi de J.-T. Maston, sa mouche bourdon-
nante. Son esprit pratique s'ingéniait à mille
inventions. Avec lui point d'obstacles, nulle
difficulté, jamais d'embarras; il était mineur,
maçon, mécanicien autant qu'artilleur, ayant
des réponses pour toutes les demandes et des
solutions pour tous les problèmes. Il correspondait activement avec le Gun-Club ou
l'usine de Goldspring, et jour et nuit, les feux
allumés, la vapeur maintenue en pression,
le *Tampico* attendait ses ordres dans la rade
d'Hillisboro.

Barbicane, le 1er novembre, quitta Tampa-
Town avec un détachement de travailleurs,
et dès le lendemain une ville de maisons
mécaniques s'éleva autour de Stone's-Hill;
on l'entoura de palissades, et à son mouvement,

à son ardeur, on l'eût bientôt prise pour une des grandes cités de l'Union. La vie y fut réglée disciplinairement, et les travaux commencèrent dans un ordre parfait.

Des sondages soigneusement pratiqués avaient permis de reconnaître la nature du terrain, et le creusement put être entrepris dès le 4 novembre. Ce jour-là, Barbicane réunit ses chefs d'atelier et leur dit :

« Vous savez tous, mes amis, pourquoi je vous ai réunis dans cette partie sauvage de la Floride. Il s'agit de couler un canon mesurant neuf pieds de diamètre intérieur, six pieds d'épaisseur à ses parois et dix-neuf pieds et demi à son revêtement de pierre; c'est donc au total un puits large de soixante pieds qu'il faut creuser à une profondeur de neuf cents. Cet ouvrage considérable doit être terminé en huit mois; or, vous avez deux millions cinq cent quarante-trois mille quatre cents pieds cubes de terrain à extraire en deux cent cinquante-cinq jours, soit, en chiffres ronds, dix mille pieds cubes par jour. Ce qui n'offrirait aucune difficulté pour mille ouvriers travaillant à coudées franches sera plus pénible dans un espace relativement restreint. Néan-

moins, puisque ce travail doit se faire, il se
fera, et je compte sur votre courage autant
que sur votre habileté. »

A huit heures du matin, le premier coup
de pioche fut donné dans le sol floridien, et
depuis ce moment ce vaillant outil ne resta
plus oisif un seul instant dans la main des
mineurs. Les ouvriers se relayaient par quart
de journée.

D'ailleurs, quelque colossale que fût l'opération, elle ne dépassait point la limite des
forces humaines. Loin de là. Que de travaux
d'une difficulté plus réelle et dans lesquels
les éléments durent être directement combattus,
qui furent menés à bonne fin! Et, pour ne
parler que d'ouvrages semblables, il suffira
de citer ce *Puits du Père Joseph*, construit auprès
du Caire par le sultan Saladin, à une époque
où les machines n'étaient pas encore venues
centupler la force de l'homme, et qui descend
au niveau même du Nil, à une profondeur de
trois cents pieds! Et cet autre puits creusé à
Coblentz par le margrave Jean de Bade
jusqu'à six cents pieds dans le sol! Eh bien!
de quoi s'agissait-il, en somme? De tripler
cette profondeur et sur une largeur décuple,

ce qui rendrait le forage plus facile! Aussi il n'était pas un contremaître, pas un ouvrier qui doutât du succès de l'opération.

Une décision importante, prise par l'ingénieur Murchison, d'accord avec le président Barbicane, vint encore permettre d'accélérer la marche des travaux. Un article du traité portait que la Columbiad serait frettée avec des cercles de fer forgé placés à chaud. Luxe de précautions inutiles, car l'engin pouvait évidemment se passer de ces anneaux compresseurs. On renonça donc à cette clause.

De là une grande économie de temps, car on put alors employer ce nouveau système de creusement adopté maintenant dans la construction des puits, par lequel la maçonnerie se fait en même temps que le forage. Grâce à ce procédé très simple, il n'est plus nécessaire d'étayer les terres au moyen d'étrésillons; la muraille les contient avec une inébranlable puissance et descend d'elle-même par son propre poids.

Cette manœuvre ne devait commencer qu'au moment où la pioche aurait atteint la partie solide du sol.

Le 4 novembre, cinquante ouvriers creu-

sèrent au centre même de l'enceinte palissadée,
c'est-à-dire à la partie supérieure de Stone's-
Hill, un trou circulaire large de soixante pieds.

La pioche rencontra d'abord une sorte de
terreau noir, épais de six pouces, dont elle
eut facilement raison. A ce terreau succédèrent
deux pieds d'un sable fin qui fut soigneusement
retiré, car il devait servir à la confection du
moule intérieur.

Après ce sable apparut une argile blanche
assez compacte, semblable à la marne d'Angleterre, et qui s'étageait sur une épaisseur de
quatre pieds.

Puis le fer des pics étincela sur la couche
dure du sol, sur une espèce de roche formée de
coquillages pétrifiés, très sèche, très solide, et
que les outils ne devaient plus quitter. A ce
point, le trou présentait une profondeur de six
pieds et demi, et les travaux de maçonnerie
furent commencés.

Au fond de cette excavation, on construisit
un « rouet » en bois de chêne, sorte de disque
fortement boulonné et d'une solidité à toute
épreuve; il était percé à son centre d'un trou
offrant un diamètre égal au diamètre extérieur de la Columbiad. Ce fut sur ce rouet

que reposèrent les premières assises de la maçonnerie, dont le ciment hydraulique enchaînait les pierres avec une inflexible ténacité. Les ouvriers, après avoir maçonné de la circonférence au centre, se trouvaient renfermés dans un puits large de vingt et un pieds.

Lorsque cet ouvrage fut achevé, les mineurs reprirent le pic et la pioche, et ils entamèrent la roche sous le rouet même, en ayant soin de le supporter au fur et à mesure sur des « tins[1] » d'une extrême solidité; toutes les fois que le trou avait gagné deux pieds en profondeur, on retirait successivement ces tins; le rouet s'abaissait peu à peu, et avec lui le massif annulaire de maçonnerie, à la couche supérieure duquel les maçons travaillaient incessamment, tout en réservant des « évents », qui devaient permettre aux gaz de s'échapper pendant l'opération de la fonte.

Ce genre de travail exigeait de la part des ouvriers une habileté extrême et une attention de tous les instants; plus d'un, en creusant sous le rouet, fut blessé dangereusement par

----

1. Sorte de chevalets.

les éclats de pierre, et même mortellement; mais l'ardeur ne se ralentit pas une seule minute, et jour et nuit : le jour, aux rayons d'un soleil qui versait, quelques mois plus tard, quatre-vingt-dix-neuf degrés[1] de chaleur à ces plaines calcinées; la nuit, sous les blanches nappes de la lumière électrique, le bruit des pics sur la roche, la détonation des mines, le grincement des machines, le tourbillon des fumées éparses dans les airs tracèrent autour de Stone's-Hill un cercle d'épouvante que les troupeaux de bisons ou les détachements de Séminoles n'osaient plus franchir.

Cependant les travaux avançaient régulièrement; des grues à vapeur activaient l'enlèvement des matériaux; d'obstacles inattendus il fut peu question, mais seulement de difficultés prévues, et l'on s'en tirait avec habileté.

Le premier mois écoulé, le puits avait atteint la profondeur assignée pour ce laps de temps, soit cent douze pieds. En décembre, cette profondeur fut doublée, et triplée en janvier. Pendant le mois de février, les travailleurs eurent à lutter contre une nappe

---

1. Quarante degrés centigrades.

Les travaux avançaient régulièrement. (Page 182.)

d'eau qui se fit jour à travers l'écorce terrestre. Il fallut employer des pompes puissantes et des appareils à air comprimé pour l'épuiser afin de bétonner l'orifice des sources, comme on aveugle une voie d'eau à bord d'un navire. Enfin on eut raison de ces courants malencontreux. Seulement, par suite de la mobilité du terrain, le rouet céda en partie, et il y eut un débordement partiel. Que l'on juge de l'épouvantable poussée de ce disque de maçonnerie haut de soixante-quinze toises! Cet accident coûta la vie à plusieurs ouvriers.

Trois semaines durent être employées à étayer le revêtement de pierre, à le reprendre en sous-œuvre et à rétablir le rouet dans ses conditions premières de solidité. Mais, grâce à l'habileté de l'ingénieur, à la puissance des machines employées, l'édifice, un instant compromis, retrouva son aplomb, et le forage continua.

Aucun incident nouveau n'arrêta désormais la marche de l'opération, et le 10 juin, vingt jours avant l'expiration des délais fixés par Barbicane, le puits, entièrement revêtu de son parement de pierres, avait atteint la profondeur de neuf cents pieds. Au fond, la

maçonnerie reposait sur un cube massif mesurant trente pieds d'épaisseur, tandis qu'à sa
partie supérieure elle venait affleurer le sol.

Le président Barbicane et les membres
du Gun-Club félicitèrent chaudement l'ingénieur Murchison; son travail cyclopéen s'était
accompli dans des conditions extraordinaires
de rapidité.

Pendant ces huit mois, Barbicane ne quitta
pas un instant Stone's-Hill; tout en suivant de
près les opérations du forage, il s'inquiétait
incessamment du bien-être et de la santé de
ses travailleurs, et il fut assez heureux pour
éviter ces épidémies communes aux grandes
agglomérations d'hommes et si désastreuses
dans ces régions du globe exposées à toutes
les influences tropicales.

Plusieurs ouvriers, il est vrai, payèrent de
leur vie les imprudences inhérentes à ces
dangereux travaux; mais ces déplorables mal-
heurs sont impossibles à éviter, et ce sont des
détails dont les Américains se préoccupent
assez peu. Ils ont plus souci de l'humanité
en général que de l'individu en particulier.
Cependant Barbicane professait les principes
contraires, et il les appliquait en toute occasion.

Aussi, grâce à ses soins, à son intelligence, à son utile intervention dans les cas difficiles, à sa prodigieuse et humaine sagacité, la moyenne des catastrophes ne dépassa pas celle des pays d'outre-mer cités pour leur luxe de précautions, entre autres la France, où l'on compte environ un accident sur deux cent mille francs de travaux.

XV

LA FÊTE DE LA FONTE

Pendant les huit mois qui furent employés à l'opération du forage, les travaux préparatoires de la fonte avaient été conduits simultanément avec une extrême rapidité; un étranger, arrivant à Stone's-Hill, eût été fort surpris du spectacle offert à ses regards.

A six cents yards du puits, et circulairement disposés autour de ce point central, s'élevaient douze cents fours à réverbère, larges de six pieds chacun et séparés l'un de l'autre par un

intervalle d'une demi-toise. La ligne développée par ces douze cents fours offrait une
longueur de deux milles[1]. Tous étaient construits sur le même modèle avec leur haute
cheminée quadrangulaire, et ils produisaient
le plus singulier effet. J.-T. Maston trouvait
superbe cette disposition architecturale. Cela
lui rappelait les monuments de Washington.
Pour lui, il n'existait rien de plus beau, même
en Grèce, « où d'ailleurs, disait-il, il n'avait
jamais été ».

On se rappelle que, dans sa troisième séance,
le Comité se décida à employer la fonte de fer
pour la Columbiad, et spécialement la fonte
grise. Ce métal est, en effet, plus tenace, plus
ductile, plus doux, facilement alésable, propre
à toutes les opérations de moulage, et, traité
au charbon de terre, il est d'une qualité
supérieure pour les pièces de grande résistance
telles que canons, cylindres de machines
vapeur, presses hydrauliques, etc.

Mais la fonte, si elle n'a subi qu'une se
fusion, est rarement assez homogène, et
au moyen d'une deuxième fusion qu'on l'é

---

1. Trois mille six cents mètres environ.

qu'on la raffine, en la débarrassant de ses derniers dépôts terreux.

Aussi, avant d'être expédié à Tampa-Town, le minerai de fer, traité dans les hauts fourneaux de Goldspring et mis en contact avec du charbon et du silicium chauffé à une forte température, s'était carburé et transformé en fonte[1]. Après cette première opération, le métal fut dirigé vers Stone's-Hill. Mais il s'agissait de cent trente-six millions de livres de fonte, masse trop coûteuse à expédier par les railways; le prix du transport eût doublé le prix de la matière. Il parut préférable d'affréter des navires à New York et de les charger de la fonte en barres; il ne fallut pas moins de soixante-huit bâtiments de mille tonneaux, une véritable flotte, qui, le 3 mai, sortit des passes de New York, prit la route de l'Océan, prolongea les côtes américaines, embouqua le canal de Bahama, doubla la pointe floridienne, et, le 10 du même mois, remontant la baie d'Espiritu-Santo, vint mouiller sans avaries dans le port de Tampa-Town.

---

1. C'est en enlevant ce carbone et ce silicium par l'opération de l'affinage dans les fours à puddler que l'on transforme la fonte en fer ductile.

Là les navires furent déchargés dans les
wagons du rail-road de Stone's-Hill, et, vers
le milieu de janvier, l'énorme masse de métal
se trouvait rendue à destination.

On comprend aisément que ce n'était pas
trop de douze cents fours pour liquéfier en
même temps ces soixante mille tonnes de
fonte. Chacun de ces fours pouvait contenir
près de cent quatorze mille livres de métal;
on les avait établis sur le modèle de ceux qui
servirent à la fonte du canon Rodman; ils
affectaient la forme trapézoïdale, et étaient
très surbaissés. L'appareil de chauffe et la
cheminée se trouvaient aux deux extrémités
du fourneau, de telle sorte que celui-ci était
également chauffé dans toute son étendue.
Ces fours, construits en briques réfractaires,
se composaient uniquement d'une grille pour
brûler le charbon de terre, et d'une « sole »
sur laquelle devaient être déposées les barres
de fonte; cette sole, inclinée sous un angle
de vingt-cinq degrés, permettait au métal de
s'écouler dans les bassins de réception; de là
douze cents rigoles convergentes le dirigeaient
vers le puits central.

Le lendemain du jour où les travaux de

maçonnerie et de forage furent terminés, Barbicane fit procéder à la confection du moule intérieur; il s'agissait d'élever au centre du puits, et suivant son axe, un cylindre haut de neuf cents pieds et large de neuf, qui remplissait exactement l'espace réservé à l'âme de la Columbiad. Ce cylindre fut composé d'un mélange de terre argileuse et de sable, additionné de foin et de paille. L'intervalle laissé entre le moule et la maçonnerie devait être comblé par le métal en fusion, qui formerait ainsi des parois de six pieds d'épaisseur.

Ce cylindre, pour se maintenir en équilibre, dut être consolidé par des armatures de fer et assujetti de distance en distance au moyen de traverses scellées dans le revêtement de pierre; après la fonte, ces traverses devaient se trouver perdues dans le bloc de métal, ce qui n'offrait aucun inconvénient.

Cette opération se termina le 8 juillet, et le coulage fut fixé au lendemain.

« Ce sera une belle cérémonie que cette fête de la fonte, dit J.-T. Maston à son ami Barbicane.

— Sans doute, répondit Barbicane, mais ce ne sera pas une fête publique!

— Comment! vous n'ouvrirez pas les portes de l'enceinte à tout venant?

— Je m'en garderai bien, Maston; la fonte de la Columbiad est une opération délicate, pour ne pas dire périlleuse, et je préfère qu'elle s'effectue à huit clos. Au départ du projectile, fête si l'on veut, mais jusque-là, non. »

Le président avait raison; l'opération pouvait offrir des dangers imprévus, auxquels une grande affluence de spectateurs eût empêché de parer. Il fallait conserver la liberté de ses mouvements. Personne ne fut donc admis dans l'enceinte, à l'exception d'une délégation des membres du Gun-Club, qui fit le voyage de Tampa-Town. On vit là le fringant Bilsby, Tom Hunter, le colonel Blomsberry, le major Elphiston, le général Morgan, et *tutti quanti*, pour lesquels la fonte de la Columbiad devenait une affaire personnelle. J.-T. Maston s'était constitué leur cicerone; il ne leur fit grâce d'aucun détail; il les conduisit partout, aux magasins, aux ateliers, au milieu des machines, et il les força de visiter les douze cents fourneaux les uns après les autres. A la douze-centième visite, ils étaient un peu écœurés.

La fonte devait avoir lieu à midi précis;

la veille, chaque four avait été chargé de cent
quatorze mille livres de métal en barres,
disposées par piles croisées, afin que l'air
chaud pût circuler librement entre elles.
Depuis le matin, les douze cents cheminées
vomissaient dans l'atmosphère leurs torrents
de flammes, et le sol était agité de sourdes
trépidations. Autant de livres de métal à
fondre, autant de livres de houille à brûler.
C'étaient donc soixante-huit mille tonnes de
charbon, qui projetaient devant le disque du
soleil un épais rideau de fumée noire.

La chaleur devint bientôt insoutenable dans
ce cercle de fours dont les ronflements ressemblaient au roulement du tonnerre; de puissants
ventilateurs y joignaient leurs souffles continus
et saturaient d'oxygène tous ces foyers incandescents.

L'opération, pour réussir, demandait à être
rapidement conduite. Au signal donné par
un coup de canon, chaque four devait livrer
passage à la fonte liquide et se vider entièrement.

Ces dispositions prises, chefs et ouvriers
attendirent le moment déterminé avec une
impatience mêlée d'une certaine quantité

d'émotion. Il n'y avait plus personne dans l'enceinte, et chaque contremaître fondeur se tenait à son poste près des trous de coulée.

Barbicane et ses collègues, installés sur une éminence voisine, assistaient à l'opération. Devant eux, une pièce de canon était là, prête à faire feu sur un signe de l'ingénieur.

Quelques minutes avant midi, les premières gouttelettes du métal commencèrent à s'épancher; les bassins de réception s'emplirent peu à peu, et lorsque la fonte fut entièrement liquide, on la tint en repos pendant quelques instants, afin de faciliter la séparation des substances étrangères.

Midi sonna. Un coup de canon éclata soudain et jeta son éclair fauve dans les airs. Douze cents trous de coulée s'ouvrirent à la fois, et douze cents serpents de feu rampèrent vers le puits central, en déroulant leurs anneaux incandescents. Là ils se précipitèrent, avec un fracas épouvantable, à une profondeur de neuf cents pieds. C'était un émouvant et magnifique spectacle. Le sol tremblait, pendant que ces flots de fonte, lançant vers le ciel des tourbillons de fumée, volatilisaient en même temps l'humidité du

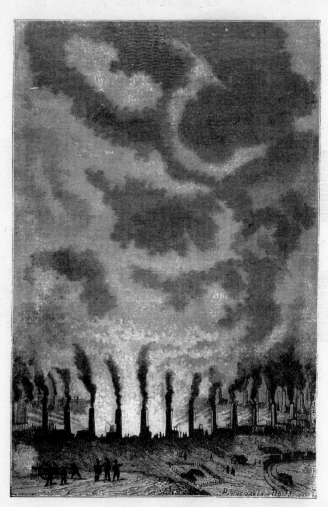

La fonte. (Page 193.)

moule et la rejetaient par les évents du revêtement de pierre sous la forme d'impénétrables
vapeurs. Ces nuages factices déroulaient leurs
spirales épaisses en montant vers le zénith
jusqu'à une hauteur de cinq cents toises.
Quelque sauvage, errant au-delà des limites
de l'horizon, eût pu croire à la formation d'un
nouveau cratère au sein de la Floride, et
cependant ce n'était là ni une éruption, ni
une trombe, ni un orage, ni une lutte d'éléments, ni un de ces phénomènes terribles
que la nature est capable de produire! Non!
l'homme seul avait créé ces vapeurs rougeâtres,
ces flammes gigantesques dignes d'un volcan,
ces trépidations bruyantes semblables aux
secousses d'un tremblement de terre, ces
mugissements rivaux des ouragans et des
tempêtes, et c'était sa main qui précipitait,
dans un abîme creusé par elle tout un Niagara,
de métal en fusion.

XVI

LA COLUMBIAD

L'opération de la fonte avait-elle réussi? On en était réduit à de simples conjectures. Cependant tout portait à croire au succès, puisque le moule avait absorbé la masse entière du métal liquéfié dans les fours. Quoi qu'il en soit, il devait être longtemps impossible de s'en assurer directement.

En effet, quand le major Rodman fondit son canon de cent soixante mille livres, il ne fallut pas moins de quinze jours pour en opérer le refroidissement. Combien de temps, dès lors, la monstrueuse Columbiad, couronnée de ses tourbillons de vapeurs, et défendue par sa chaleur intense, allait-elle se dérober aux regards de ses admirateurs? Il était difficile de le calculer.

L'impatience des membres du Gun-Club fut mise pendant ce laps de temps à une rude

épreuve. Mais on n'y pouvait rien. J.-T. Maston faillit se rôtir par dévouement. Quinze
jours après la fonte, un immense panache de
fumée se dressait encore en plein ciel, et le
sol brûlait les pieds dans un rayon de deux
cents pas autour du sommet de Stone's-Hill.

Les jours s'écoulèrent, les semaines s'ajou-
tèrent l'une à l'autre. Nul moyen de refroidir
l'immense cylindre. Impossible de s'en approcher. Il fallait attendre, et les membres du
Gun-Club rongeaient leur frein.

« Nous voilà au 10 août, dit un matin
J.-T. Maston. Quatre mois à peine nous
séparent du premier décembre! Enlever le
moule intérieur, calibrer l'âme de la pièce,
charger la Columbiad, tout cela est à faire!
Nous ne serons pas prêts! On ne peut seulement
pas approcher du canon! Est-ce qu'il ne se
refroidira jamais! Voilà qui serait une mystification cruelle! »

On essayait de calmer l'impatient secrétaire sans y parvenir, Barbicane ne disait rien,
mais son silence cachait une sourde irritation.
Se voir absolument arrêté par un obstacle
dont le temps seul pouvait avoir raison, —
le temps, un ennemi redoutable dans les

circonstances, — et être à la discrétion d'un ennemi, c'était dur pour des gens de guerre.

Cependant des observations quotidiennes permirent de constater un certain changement dans l'état du sol. Vers le 15 août, les vapeurs projetées avaient diminué notablement d'intensité et d'épaisseur. Quelques jours après, le terrain n'exhalait plus qu'une légère buée, dernier souffle du monstre enfermé dans son cercueil de pierre. Peu à peu les tressaillements du sol vinrent à s'apaiser, et le cercle de calorique se restreignit; les plus impatients des spectateurs se rapprochèrent; un jour on gagna deux toises; le lendemain, quatre; et, le 22 août, Barbicane, ses collègues, l'ingénieur, purent prendre place sur la nappe de fonte qui effleurait le sommet de Stone's-Hill, un endroit fort hygiénique, à coup sûr, où il n'était pas encore permis d'avoir froid aux pieds.

« Enfin! » s'écria le président du Gun-Club avec un immense soupir de satisfaction.

Les travaux furent repris le même jour. On procéda immédiatement à l'extraction du moule intérieur, afin de dégager l'âme de la pièce; le pic, la pioche, les outils à tarauder fonctionnèrent sans relâche; la terre argileuse et le sable avaient acquis une extrême dureté sous l'action de la chaleur; mais, les machines aidant, on eut raison de ce mélange encore brûlant au contact des parois de fonte; les matériaux extraits furent rapidement enlevés sur des chariots mus à la vapeur, et l'on fit si bien, l'ardeur au travail fut telle, l'intervention de Barbicane si pressante, et ses arguments présentés avec une si grande force sous la forme de dollars, que, le 3 septembre, toute trace du moule avait disparu.

Immédiatement l'opération de l'alésage commença; les machines furent installées sans retard et manœuvrèrent rapidement de puissants alésoirs dont le tranchant vint mordre les rugosités de la fonte. Quelques semaines plus tard, la surface intérieure de l'immense tube était parfaitement cylindrique, et l'âme de la pièce avait acquis un poli parfait.

Enfin, le 22 septembre, moins d'un an après la communication Barbicane, l'énorme engin, rigoureusement calibré et d'une verticalité absolue, relevée au moyen d'instruments délicats, fut prêt à fonctionner. Il n'y avait plus que la Lune à attendre, mais on était sûr qu'elle ne manquerait pas au rendez-vous.

La joie de J.-T. Maston ne connut plus de bornes, et il faillit faire une chute effrayante, en plongeant ses regards dans le tube de neuf cents pieds. Sans le bras droit de Blomsberry, que le digne colonel avait heureusement conservé, le secrétaire du Gun-Club, comme un nouvel Érostrate, eût trouvé la mort dans les profondeurs de la Columbiad.

Le canon était donc terminé; il n'y avait plus de doute possible sur sa parfaite exécution; aussi, le 6 octobre, le capitaine Nicholl, quoi qu'il en eût, s'exécuta vis-à-vis du président Barbicane, et celui-ci inscrivit sur ses livres, à la colonne des recettes, une somme de deux mille dollars. On est autorisé à croire que la colère du capitaine fut poussée aux dernières limites et qu'il en fit une maladie. Cependant il avait encore trois paris de trois mille, quatre mille et cinq mille dollars, et pourvu qu'il en gagnât deux, son affaire n'était pas mauvaise, sans être excellente. Mais l'argent n'entrait point dans ses calculs, et le succès obtenu par son rival, dans la fonte d'un canon auquel des plaques de dix toises n'eussent pas résisté, lui portait un coup terrible.

Depuis le 23 septembre, l'enceinte de Stone's-Hill avait été largement ouverte au public, et ce que fut l'affluence des visiteurs se comprendra sans peine.

En effet, d'innombrables curieux, accourus de tous les points des États-Unis, convergeaient vers la Floride. La ville de Tampa s'était prodigieusement accrue pendant cette année, consacrée tout entière aux travaux du Gun-Club, et elle comptait alors une population de cent cinquante mille âmes. Après avoir englobé le fort Brooke dans un réseau de rues, elle s'allongeait maintenant sur cette langue de terre qui sépare les deux rades de la baie d'Espiritu-Santo; des quartiers neufs, des places nouvelles, toute une forêt de maisons, avaient poussé sur ces grèves naguère désertes, à la chaleur du soleil américain. Des compagnies s'étaient fondées pour l'érection d'églises, d'écoles, d'habitations particulières, et en moins d'un an l'étendue de la ville fut décuplée.

On sait que les Yankees sont nés commerçants; partout où le sort les jette, de la zone glacée à la zone torride, il faut que leur instinct des affaires s'exerce utilement. C'est pourquoi de simples curieux, des gens venus en Floride dans l'unique but de suivre les opérations du Gun-Club, se laissèrent entraîner aux opérations commerciales dès qu'ils furent installés à Tampa. Les navires frétés pour le transportement du matériel et des ouvriers avaient donné au port une activité sans pareille. Bientôt d'autres bâtiments, de toute forme et de tout tonnage, chargés de vivres, d'approvisionnements, de marchandises, sillonnèrent la baie et les deux rades; de vastes comptoirs d'armateurs, des offices de courtiers s'établirent dans la ville, et la *Shipping Gazette*[1] enregistra chaque jour des arrivages nouveaux au port de Tampa.

Tandis que les routes se multipliaient autour de la ville, celle-ci, en considération du prodigieux accroissement de sa population et de son commerce, fut enfin reliée par un chemin de fer aux États méridionaux de l'Union. Un railway rattacha la Mobile à Pensacola, le grand arsenal maritime du Sud; puis, de ce point important, il se dirigea sur Tallahassee. Là existait déjà un petit tronçon de voie

---

1. *Gazette maritime.*

Tampa-Town, après l'opération. (Page 202.)

ferrée, long de vingt et un milles, par lequel
Tallahassee se mettait en communication avec
Saint-Marks, sur les bords de la mer. Ce fut
ce bout de road-way qui fut prolongé jusqu'à
Tampa-Town, en vivifiant sur son passage
et en réveillant les portions mortes ou endormies
de la Floride centrale. Aussi Tampa, grâce
à ces merveilles de l'industrie dues à l'idée
éclose un beau jour dans le cerveau d'un
homme, put prendre à bon droit les airs
d'une grande ville. On l'avait surnommée
« Moon-City[1] » et la capitale des Florides
subissait une éclipse totale, visible de tous les
points du monde.

Chacun comprendra maintenant pourquoi
la rivalité fut si grande entre le Texas et la
Floride, et l'irritation des Texiens quand
ils se virent déboutés de leurs prétentions par
le choix du Gun-Club. Dans leur sagacité
prévoyante, ils avaient compris ce qu'un pays
devait gagner à l'expérience tentée par Barbicane et le bien dont un semblable coup de
canon serait accompagné. Le Texas y perdait
un vaste centre de commerce, des chemins

---

1. Cité de la Lune.

de fer et un accroissement considérable de
population. Tous ces avantages retournaient
à cette misérable presqu'île floridienne, jetée
comme une estacade entre les flots du golfe
et les vagues de l'océan Atlantique. Aussi,
Barbicane partageait-il avec le général Santa-
Ana toutes les antipathies texiennes.

Cependant, quoique livrée à sa furie com-
merciale et à sa fougue industrielle, la nouvelle population de Tampa-Town n'eut garde
d'oublier les intéressantes opérations du Gun-
Club. Au contraire. Les plus minces détails
de l'entreprise, le moindre coup de pioche,
la passionnèrent. Ce fut un va-et-vient inces-
sant entre la ville et Stone's-Hill, une procession,
mieux encore, un pèlerinage.

On pouvait déjà prévoir que, le jour de
l'expérience, l'agglomération des spectateurs
se chiffrerait par millions, car ils venaient
déjà de tous les points de la terre s'accumuler
sur l'étroite presqu'île. L'Europe émigrait
en Amérique.

Mais jusque-là, il faut le dire, la curiosité
de ces nombreux arrivants n'avait été que
médiocrement satisfaite. Beaucoup comptaient
sur le spectacle de la fonte, qui n'en eurent

que les fumées. C'était peu pour des yeux avides; mais Barbicane ne voulut admettre personne à cette opération. De là maugréement, mécontentement, murmures; on blâma le président; on le taxa d'absolutisme; son procédé fut déclaré « peu américain ». Il y eut presque une émeute autour des palissades de Stone's-Hill. Barbicane, on le sait, resta inébranlable dans sa décision.

Mais, lorsque la Columbiad fut entièrement terminée, le huis clos ne put être maintenu; il y aurait eu mauvaise grâce, d'ailleurs, à fermer ses portes, pis même, imprudence à mécontenter les sentiments publics. Barbicane ouvrit donc son enceinte à tout venant; cependant, poussé par son esprit pratique, il résolut de battre monnaie sur la curiosité publique.

C'était beaucoup de contempler l'immense Columbiad, mais descendre dans ses profondeurs, voilà ce qui semblait aux Américains être le *nec plus ultra* du bonheur en ce monde. Aussi pas un curieux qui ne voulût se donner la jouissance de visiter intérieurement cet abîme de métal. Des appareils, suspendus à un treuil à vapeur, permirent aux spectateurs de satisfaire leur curiosité. Ce fut une fureur. Femmes, enfants, vieillards, tous se firent un devoir de pénétrer jusqu'au fond de l'âme les mystères du canon colossal. Le prix de la descente fut fixé à cinq dollars par personne, et, malgré son élévation, pendant les deux mois qui précédèrent l'expérience, l'affluence les visiteurs permit au Gun-Club d'encaisser près de cinq cent mille dollars[1].

Inutile de dire que les premiers visiteurs de la Columbiad furent les membres du Gun-Club, avantage justement réservé à l'illustre assemblée. Cette solennité eut lieu le 25 septembre. Une caisse d'honneur descendit le président Barbicane, J.-T. Maston, le major Elphiston, le général Morgan, le colonel Blomsberry, l'ingénieur Murchison et d'autres membres distingués du célèbre club. En tout, une dizaine. Il faisait encore bien chaud au fond de ce long tube de métal. On y étouffait un peu! Mais quelle joie! quel ravissement! Une table de dix couverts avait été dressée sur le massif de pierre qui supportait la Columbiad éclairée *a giorno* par un jet de lumière

---

1. Deux millions sept cent dix mille francs.

Le festin dans la Columbiad. (Page 208.)

électrique. Des plats exquis et nombreux, qui semblaient descendre du ciel, vinrent se placer successivement devant les convives, et les meilleurs vins de France coulèrent à profusion pendant ce repas splendide servi à neuf cents pieds sous terre.

Le festin fut très animé et même très bruyant; des toasts nombreux s'entrecroisèrent; on but au globe terrestre, on but à son satellite, on but au Gun-Club, on but à l'Union, à la Lune, à Phœbé, à Diane, à Séléné, à l'astre des nuits, à la « paisible courrière du firmament »! Tous ces hurrahs, portés sur les ondes sonores de l'immense tube acoustique, arrivaient comme un tonnerre à son extrémité, et la foule, rangée autour de Stone's-Hill, s'unissait de cœur et de cris aux dix convives enfouis au fond de la gigantesque Columbiad.

J.-T. Maston ne se possédait plus; s'il cria plus qu'il ne gesticula, s'il but plus qu'il ne mangea, c'est un point difficile à établir. En tout cas, il n'eût pas donné sa place pour un empire, « non, quand même le canon chargé amorcé, et faisant feu à l'instant, aurait dû l'envoyer par morceaux dans les espaces planétaires ».

XVII

Les grands travaux entrepris par le Gun-Club étaient, pour ainsi dire, terminés, et cependant, deux mois allaient encore s'écouler avant le jour où le projectile s'élancerait vers la Lune. Deux mois qui devaient paraître longs comme des années à l'impatience universelle! Jusqu'alors les moindres détails de l'opération avaient été chaque jour reproduits par les journaux, que l'on dévorait d'un œil avide et passionné; mais il était à craindre que désormais, ce « dividende d'intérêt » distribué au public ne fût fort diminué, et chacun s'effrayait de n'avoir plus à toucher sa part d'émotions quotidiennes.

Il n'en fut rien; l'incident le plus inattendu, le plus extraordinaire, le plus incroyable, le plus invraisemblable vint fanatiser à nouveau les esprits haletants et rejeter le monde entier sous le coup d'une poignante surexcitation.

Un jour, le 30 septembre, à trois heures quarante-sept minutes du soir, un télégramme, transmis par le câble immergé entre Valentia (Irlande), Terre-Neuve et la côte américaine, arriva à l'adresse du président Barbicane.

Le président Barbicane rompit l'enveloppe, lut la dépêche, et, quel que fût son pouvoir sur lui-même, ses lèvres pâlirent, ses yeux se troublèrent à la lecture des vingt mots de ce télégramme.

Voici le texte de cette dépêche, qui figure maintenant aux archives du Gun-Club :

FRANCE, PARIS.
30 septembre, 4 h matin.

> Barbicane, Tampa, Floride,
> États-Unis.

Remplacez obus sphérique par projectile cylindro-conique. Partirai dedans. Arriverai par steamer Atlanta.

MICHEL ARDAN.

XVIII

Si cette foudroyante nouvelle, au lieu de voler sur les fils électriques, fût arrivée simplement par la poste et sous enveloppe cachetée, si les employés français, irlandais, terre-neuviens, américains n'eussent pas été nécessairement dans la confidence du télégraphe, Barbicane n'aurait pas hésité un seul instant. Il se serait tu par mesure de prudence et pour ne pas déconsidérer son œuvre. Ce télégramme pouvait cacher une mystification, venant d'un Français surtout. Quelle apparence qu'un homme quelconque fût assez audacieux pour concevoir seulement l'idée d'un pareil voyage? Et si cet homme existait, n'était-ce pas un fou qu'il fallait enfermer dans un cabanon et non dans un boulet?

Mais la dépêche était connue, car les appareils de transmission sont peu discrets de leur nature, et la proposition de Michel Ardan courait déjà les divers États de l'Union. Ainsi Barbicane n'avait plus aucune raison de se taire. Il réunit donc ses collègues présents à Tampa-Town, et sans laisser voir sa pensée, sans discuter le plus ou moins de créance que méritait le télégramme, il en lut froidement le texte laconique.

« Pas possible! — C'est invraisemblable! — Pure plaisanterie! — On s'est moqué de nous! — Ridicule! — Absurde! » Toute la série des expressions qui servent à exprimer le doute, l'incrédulité, la sottise, la folie, se déroula pendant quelques minutes, avec accompagnement des gestes usités en pareille circonstance. Chacun souriait, riait, haussait les épaules ou éclatait de rire, suivant sa disposition d'humeur. Seul, J.-T. Maston eut un mot superbe.

« C'est une idée, cela! s'écria-t-il.

— Oui, lui répondit le major, mais s'il est quelquefois permis d'avoir des idées comme celle-là, c'est à la condition de ne pas même songer à les mettre à exécution.

— Et pourquoi pas? » répliqua vivement le secrétaire du Gun-Club, prêt à discuter.

Mais on ne voulut pas le pousser davantage.

Cependant le nom de Michel Ardan circulait déjà dans la ville de Tampa. Les étrangers et les indigènes se regardaient, s'interrogeaient et plaisantaient, non pas cet Européen, — un mythe, un individu chimérique, — mais J.-T. Maston, qui avait pu croire à l'existence de ce personnage légendaire. Quand Barbicane proposa d'envoyer un projectile à la Lune, chacun trouva l'entreprise naturelle, praticable, une pure affaire de balistique! Mais qu'un être raisonnable offrît de prendre passage dans le projectile, de tenter ce voyage invraisemblable, c'était une proposition fantaisiste, une plaisanterie, une farce, et, pour employer un mot dont les Français ont précisément la traduction exacte dans leur langage familier, un « humbug[1] »!

Les moqueries durèrent jusqu'au soir sans discontinuer, et l'on peut affirmer que toute l'Union fut prise d'un fou rire, ce qui n'est guère habituel à un pays où les entreprises impossibles trouvent volontiers des prôneurs, des adeptes, des partisans.

_____

1. Mystification.

Cependant la proposition de Michel Ardan, comme toutes les idées nouvelles, ne laissait pas de tracasser certains esprits. Cela dérangeait le cours des émotions accoutumées. « On n'avait pas songé à cela ! » Cet incident devint bientôt une obsession par son étrangeté même. On y pensait. Que de choses niées la veille dont le lendemain a fait des réalités ! Pourquoi ce voyage ne s'accomplirait-il pas un jour ou l'autre ? Mais, en tout cas, l'homme qui voulait se risquer ainsi devait être fou, et décidément, puisque son projet ne pouvait être pris au sérieux, il eût mieux fait de se taire, au lieu de troubler toute une population par ses billevesées ridicules.

Mais, d'abord, ce personnage existait-il réellement ? Grande question ! Ce nom, « Michel Ardan », n'était pas inconnu à l'Amérique ! Il appartenait à un Européen fort cité pour ses entreprises audacieuses. Puis, ce télégramme lancé à travers les profondeurs de l'Atlantique, cette désignation du navire sur lequel le Français disait avoir pris passage, la date assignée à sa prochaine arrivée, toutes ces circonstances donnaient à la proposition un certain caractère de vraisemblance. Il fallait

Le président Barbicane à sa fenêtre. (Page 217.)

en avoir le cœur net. Bientôt les individus isolés se formèrent en groupes, les groupes se condensèrent sous l'action de la curiosité comme des atomes en vertu de l'attraction moléculaire, et, finalement, il en résulta une foule compacte, qui se dirigea vers la demeure du président Barbicane.

Celui-ci, depuis l'arrivée de la dépêche, ne s'était pas prononcé; il avait laissé l'opinion de J.-T. Maston se produire, sans manifester ni approbation ni blâme; il se tenait coi, et se proposait d'attendre les événements; mais il comptait sans l'impatience publique, et vit d'un œil peu satisfait la population de Tampa s'amasser sous ses fenêtres. Bientôt des murmures, des vociférations, l'obligèrent à paraître. On voit qu'il avait tous les devoirs et, par conséquent, tous les ennuis de la célébrité.

Il parut donc; le silence se fit, et un citoyen, prenant la parole, lui posa carrément la question suivante : « Le personnage désigné dans la dépêche sous le nom de Michel Ardan est-il en route pour l'Amérique, oui ou non?

— Messieurs, répondit Barbicane, je ne le sais pas plus que vous.

— Il faut le savoir, s'écrièrent des voix impatientes.

— Le temps nous l'apprendra, répondit froidement le président.

— Le temps n'a pas le droit de tenir en suspens un pays tout entier, reprit l'orateur. Avez-vous modifié les plans du projectile, ainsi que le demande le télégramme ?

— Pas encore, messieurs ; mais, vous avez raison, il faut savoir à quoi s'en tenir ; le télégraphe, qui a causé toute cette émotion, voudra bien compléter ses renseignements.

— Au télégraphe ! au télégraphe ! » s'écria la foule.

Barbicane descendit, et, précédant l'immense rassemblement, il se dirigea vers les bureaux de l'administration.

Quelques minutes plus tard, une dépêche était lancée au syndic des courtiers de navires à Liverpool. On demandait une réponse aux questions suivantes :

« Qu'est-ce que le navire l'*Atlanta* ? — Quand a-t-il quitté l'Europe ? — Avait-il à son bord un Français nommé Michel Ardan ? »

Deux heures après, Barbicane recevait des

renseignements d'une précision qui ne laissait plus place au moindre doute.

« Le steamer l'*Atlanta*, de Liverpool, a pris la mer le 2 octobre, — faisant voile pour Tampa-Town, — ayant à son bord un Français, porté au livre des passagers sous le nom de Michel Ardan. »

A cette confirmation de la première dépêche, les yeux du président brillèrent d'une flamme subite, ses poings se fermèrent violemment, et on l'entendit murmurer :

« C'est donc vrai ! c'est donc possible ! ce Français existe ! et dans quinze jours il sera ici ! Mais c'est un fou ! un cerveau brûlé !... Jamais je ne consentirai... »

Et cependant, le soir même, il écrivit à la maison Breadwill and Cᵒ, en la priant de suspendre jusqu'à nouvel ordre la fonte du projectile.

Maintenant, raconter l'émotion dont fut prise l'Amérique tout entière ; comment l'effet de la communication Barbicane fut dix fois dépassé ; ce que dirent les journaux de l'Union, la façon dont ils acceptèrent la nouvelle et sur quel mode ils chantèrent l'arrivée de ce héros du vieux continent ; peindre l'agitation

fébrile dans laquelle chacun vécut, comptant
les heures, comptant les minutes, comptant
les secondes; donner une idée, même affaiblie,
de cette obsession fatigante de tous les cer-
veaux maîtrisés par une pensée unique; montrer les occupations cédant à une seule préoccupation, les travaux arrêtés, le commerce
suspendu, les navires prêts à partir restant
affourchés dans le port pour ne pas manquer
l'arrivée de l'*Atlanta*, les convois arrivant
pleins et retournant vides, la baie d'Espiritu-
Santo incessamment sillonnée par les steamers,
les packets-boats, les yachts de plaisance, les
fly-boats de toutes dimensions; dénombrer
ces milliers de curieux qui quadruplèrent
en quinze jours la population de Tampa-Town
et durent camper sous des tentes comme une
armée en campagne, c'est une tâche au-dessus
des forces humaines et qu'on ne saurait entreprendre sans témérité.

Le 20 octobre, à neuf heures du matin,
les sémaphores du canal de Bahama signa-
lèrent une épaisse fumée à l'horizon. Deux
heures plus tard, un grand steamer échangeait
avec eux des signaux de reconnaissance.
Aussitôt le nom de l'*Atlanta* fut expédié à

Tampa-Town. A quatre heures, le navire anglais donnait dans la rade d'Espiritu-Santo. A cinq, il franchissait les passes de la rade Hillisboro à toute vapeur. A six, il mouillait dans le port de Tampa.

L'ancre n'avait pas encore mordu le fond de sable, que cinq cents embarcations entouraient l'*Atlanta*, et le steamer était pris d'assaut. Barbicane, le premier, franchit les bastingages, et d'une voix dont il voulait en vain contenir l'émotion :

« Michel Ardan ! s'écria-t-il.

— Présent ! » répondit un individu monté sur la dunette.

Barbicane, les bras croisés, l'œil interrogateur, la bouche muette, regarda fixement le passager de l'*Atlanta*.

C'était un homme de quarante-deux ans, grand, mais un peu voûté déjà, comme ces cariatides qui portent des balcons sur leurs épaules. Sa tête forte, véritable hure de lion, secouait par instants une chevelure ardente qui lui faisait une véritable crinière. Une face courte, large aux tempes, agrémentée d'une moustache hérissée comme les barbes d'un chat et de petits bouque· de poils jau-

nâtres poussés en pleines joues, des yeux ronds
un peu égarés, un regard de myope, complétaient cette physionomie éminemment féline.
Mais le nez était d'un dessin hardi, la bouche
particulièrement humaine, le front haut, intelligent et sillonné comme un champ qui ne
reste jamais en friche. Enfin un torse fortement
développé et posé d'aplomb sur de longues
jambes, des bras musculeux, leviers puissants
et bien attachés, une allure décidée, faisaient
de cet Européen un gaillard solidement bâti,
« plutôt forgé que fondu », pour emprunter
une de ses expressions à l'art métallurgique.

Les disciples de Lavater ou de Gratiolet
eussent déchiffré sans peine sur le crâne et la
physionomie de ce personnage les signes
indiscutables de la combativité, c'est-à-dire
du courage dans le danger et de la tendance
à briser les obstacles; ceux de la bienveillance
et ceux de la merveillosité, instinct qui porte
certains tempéraments à se passionner pour
les choses surhumaines; mais, en revanche,
les bosses de l'acquisivité, ce besoin de posséder
et d'acquérir, manquaient absolument.

Pour achever le type physique du passager
de l'*Atlanta*, il convient de signaler ses vêtements

Michel Ardant. (Page 221.)

larges de forme, faciles d'entournures, son pantalon et son paletot d'une ampleur d'étoffe telle que Michel Ardan se surnommait lui-même « la mort au drap », sa cravate lâche, son col de chemise libéralement ouvert, d'où sortait un cou robuste, et ses manchettes invariablement déboutonnées, à travers lesquelles s'échappaient des mains fébriles. On sentait que, même au plus fort des hivers et des dangers, cet homme-là n'avait jamais froid, — pas même aux yeux.

D'ailleurs, sur le pont du steamer, au milieu de la foule, il allait, venait, ne restant jamais en place, « chassant sur ses ancres », comme disaient les matelots, gesticulant, tutoyant tout le monde et rongeant ses ongles avec une avidité nerveuse. C'était un de ces originaux que le Créateur invente dans un moment de fantaisie et dont il brise aussitôt le moule.

En effet, la personnalité morale de Michel Ardan offrait un large champ aux observations de l'analyste. Cet homme étonnant vivait dans une perpétuelle disposition à l'hyperbole et n'avait pas encore dépassé l'âge des superlatifs : les objets se peignaient sur la rétine de son œil avec des dimensions démesurées; de là une association d'idées gigantesques ; il voyait tout en grand, sauf les difficultés et les hommes.

C'était d'ailleurs une luxuriante nature, un artiste d'instinct, un garçon spirituel, qui ne faisait pas un feu roulant de bons mots, mais s'escrimait plutôt en tirailleur. Dans les discussions, peu soucieux de la logique, rebelle au syllogisme, qu'il n'eût jamais inventé, il avait des coups à lui. Véritable casseur de vitres, il lançait en pleine poitrine des arguments *ad hominem* d'un effet sûr, et il aimait à défendre du bec et des pattes les causes désespérées.

Entre autres manies, il se proclamait « un ignorant sublime », comme Shakespeare, et faisait profession de mépriser les savants : « des gens, disait-il, qui ne font que marquer les points quand nous jouons la partie ». C'était, en somme, un bohémien du pays des monts et merveilles, aventureux, mais non pas aventurier, un casse-cou, un Phaéton menant à fond de train le char du Soleil, un Icare avec des ailes de rechange. Du reste, il payait de sa personne et payait bien, il se jetait tête levée dans les entreprises folles, il

brûlait ses vaisseaux avec plus d'entrain
qu'Agathoclès, et, prêt à se faire casser les
reins à toute heure, il finissait invariablement
par retomber sur ses pieds, comme ces petits
cabotins en moelle de sureau dont les enfants
s'amusent.

En deux mots, sa devise était : *Quand même!*
et l'amour de l'impossible sa « ruling passion[1] »,
suivant la belle expression de Pope.

Mais aussi, comme ce gaillard entreprenant
avait bien les défauts de ses qualités! Qui
ne risque rien n'a rien, dit-on. Ardan risqua
souvent et n'avait pas davantage! C'était un
bourreau d'argent, un tonneau des Danaïdes.
Homme parfaitement désintéressé, d'ailleurs,
il faisait autant de coups de cœur que de
coups de tête; secourable, chevaleresque, il
n'eût pas signé le « bon à pendre » de son
plus cruel ennemi, et se serait vendu comme
esclave pour racheter un Nègre.

En France, en Europe, tout le monde le
connaissait, ce personnage brillant et bruyant.
Ne faisait-il pas sans cesse parler de lui par
les cent voix de la Renommée enrouées à

---

1. Sa maîtresse passion.

son service? Ne vivait-il pas dans une maison de verre, prenant l'univers entier pour confident de ses plus intimes secrets? Mais aussi possédait-il une admirable collection d'ennemis, parmi ceux qu'il avait plus ou moins froissés, blessés, culbutés sans merci, en jouant des coudes pour faire sa trouée dans la foule.

Cependant on l'aimait généralement, on le traitait en enfant gâté. C'était, suivant l'expression populaire, « un homme à prendre ou à laisser », et on le prenait. Chacun s'intéressait à ses hardies entreprises et le suivait d'un regard inquiet. On le savait si imprudemment audacieux! Lorsque quelque ami voulait l'arrêter en lui prédisant une catastrophe prochaine : « La forêt n'est brûlée que par ses propres arbres », répondait-il avec un aimable sourire, et sans se douter qu'il citait le plus joli de tous les proverbes arabes.

Tel était ce passager de l'*Atlanta*, toujours agité, toujours bouillant sous l'action d'un feu intérieur, toujours ému, non de ce qu'il venait faire en Amérique — il n'y pensait même pas —, mais par l'effet de son organisation fiévreuse. Si jamais individus offrirent un contraste frappant, ce furent bien le Français Michel Ardan et le Yankee Barbicane, tous les deux, cependant, entreprenants, hardis, audacieux à leur manière.

La contemplation à laquelle s'abandonnait le président du Gun-Club en présence de ce rival qui venait le reléguer au second plan fut vite interrompue par les hurrahs et les vivats de la foule. Ces cris devinrent même si frénétiques, et l'enthousiasme prit des formes tellement personnelles, que Michel Ardan, après avoir serré un millier de mains dans lesquelles il faillit laisser ses dix doigts, dut se réfugier dans sa cabine.

Barbicane le suivit sans avoir prononcé une parole.

« Vous êtes Barbicane ? lui demanda Michel Ardan, dès qu'il furent seuls et du ton dont il eût parlé à un ami de vingt ans.

— Oui, répondit le président du Gun-Club.

— Eh bien ! bonjour, Barbicane. Comment cela va-t-il ? Très bien ? Allons tant mieux ! tant mieux !

— Ainsi, dit Barbicane, sans autre entrée en matière, vous êtes décidé à partir ?

— Absolument décidé.

— Rien ne vous arrêtera ?

— Rien. Avez-vous modifié votre projectile ainsi que l'indiquait ma dépêche?

— J'attendais votre arrivée. Mais, demanda Barbicane en insistant de nouveau, vous avez bien réfléchi?...

— Réfléchi! est-ce que j'ai du temps à perdre? Je trouve l'occasion d'aller faire un tour dans la Lune, j'en profite, et voilà tout. Il me semble que cela ne mérite pas tant de réflexions. »

Barbicane dévorait du regard cet homme qui parlait de son projet de voyage avec une légèreté, une insouciance si complète et une si parfaite absence d'inquiétudes.

« Mais au moins, lui dit-il, vous avez un plan, des moyens d'exécution?

— Excellents, mon cher Barbicane. Mais permettez-moi de vous faire une observation : j'aime autant raconter mon histoire une bonne fois, à tout le monde, et qu'il n'en soit plus question. Cela évitera des redites. Donc, sauf meilleur avis, convoquez vos amis, vos collègues, toute la ville, toute la Floride, toute l'Amérique, si vous voulez, et demain je serai prêt à développer mes moyens comme à répondre aux objections quelles qu'elles soient.

Soyez tranquille, je les attendrai de pied ferme. Cela vous va-t-il ?

— Cela me va », répondit Barbicane.

Sur ce, le président sortit de la cabine et fit part à la foule de la proposition de Michel Ardan. Ses paroles furent accueillies avec des trépignements et des grognements de joie. Cela coupait court à toute difficulté. Le lendemain chacun pourrait contempler à son aise le héros européen. Cependant certains spectateurs des plus entêtés ne voulurent pas quitter le pont de l'*Atlanta*; ils passèrent la nuit à bord. Entre autres, J.-T. Maston avait vissé son crochet dans la lisse de la dunette, et il aurait fallu un cabestan pour l'en arracher.

« C'est un héros! un héros! s'écriait-il sur tous les tons, et nous ne sommes que des femmelettes auprès de cet Européen-là! »

Quant au président, après avoir convié les visiteurs à se retirer, il rentra dans la cabine du passager, et il ne la quitta qu'au moment où la cloche du steamer sonna le quart de minuit.

Mais alors les deux rivaux en popularité se serraient chaleureusement la main, et Michel Ardan tutoyait le président Barbicane.

XIX

Le lendemain, l'astre du jour se leva bien tard
au gré de l'impatience publique. On le trouva
paresseux, pour un Soleil qui devait éclairer
une semblable fête. Barbicane, craignant les
questions indiscrètes pour Michel Ardan, aurait voulu réduire ses auditeurs à un petit
nombre d'adeptes, à ses collègues, par exemple.
Mais autant essayer d'endiguer le Niagara.
Il dut donc renoncer à ses projets et laisser
son nouvel ami courir les chances d'une confé-
rence publique. La nouvelle salle de la Bourse
de Tampa-Town, malgré ses dimensions colossales, fut jugée insuffisante pour la cérémonie,
car la réunion projetée prenait les proportions
d'un véritable meeting.

Le lieu choisit fut une vaste plaine située
en dehors de la ville; en quelques heures on
parvint à l'abriter contre les rayons du soleil;

Le meeting. (Page 233.)

les navires du port riches en voiles, en agrès, en mâts de rechange, en vergues, fournirent les accessoires nécessaires à la construction d'une tente colossale. Bientôt un immense ciel de toile s'étendit sur la prairie calcinée et la défendit des ardeurs du jour. Là trois cent mille personnes trouvèrent place et bravèrent pendant plusieurs heures une température étouffante, en attendant l'arrivée du Français. De cette foule de spectateurs, un premier tiers pouvait voir et entendre; un second tiers voyait mal et n'entendait pas; quant au troisième, il ne voyait rien et n'entendait pas davantage. Ce ne fut cependant pas le moins empressé à prodiguer ses applaudissements.

A trois heures, Michel Ardan fit son apparition, accompagné des principaux membres du Gun-Club. Il donnait le bras droit au président Barbicane, et le bras gauche à J.-T. Maston, plus radieux que le Soleil en plein midi, et presque aussi rutilant. Ardan monta sur une estrade, du haut de laquelle ses regards s'étendaient sur un océan de chapeaux noirs. Il ne paraissait aucunement embarrassé; il ne posait pas; il était là comme chez lui, gai, familier, aimable. Aux hurrahs qui l'accueillirent il répondit par un salut gracieux; puis, de la main, réclama le silence, silence, il prit la parole en anglais, et s'exprima fort correctement en ces termes :

« Messieurs, dit-il, bien qu'il fasse très chaud, je vais abuser de vos moments pour vous donner quelques explications sur des projets qui ont paru vous intéresser. Je ne suis ni un orateur ni un savant, et je ne comptais point parler publiquement; mais mon ami Barbicane m'a dit que cela vous ferait plaisir, et je me suis dévoué. Donc, écoutez-moi avec vos six cent mille oreilles, et veuillez excuser les fautes de l'auteur. »

Ce début sans façon fut fort goûté des assistants, qui exprimèrent leur contentement par un immense murmure de satisfaction.

« Messieurs, dit-il, aucune marque d'approbation ou d'improbation n'est interdite. Ceci convenu, je commence. Et d'abord, ne l'oubliez pas, vous avez affaire à un ignorant, mais son ignorance va si loin qu'il ignore même les difficultés. Il lui a donc paru que c'était chose simple, naturelle, facile, de prendre passage dans un projectile et de partir pour la Lune. Ce voyage-là devait se faire tôt ou tard, et quant au mode de locomotion adopté, il suit tout simplement la loi du progrès. L'homme a commencé par voyager à quatre pattes, puis, un beau jour, sur deux pieds, puis en charrette, puis en coche, puis en patache, puis en diligence, puis en chemin de fer; eh bien! le projectile est la voiture de l'avenir, et, à vrai dire, les planètes ne sont que des projectiles, de simples boulets de canon lancés par la main du Créateur. Mais revenons à notre véhicule. Quelques-uns de vous, messieurs, ont pu croire que la vitesse qui lui sera imprimée est excessive; il n'en est rien; tous les astres l'emportent en rapidité, et la Terre elle-même, dans son mouvement de translation autour du Soleil, nous entraîne trois fois plus rapidement. Voici quelques exemples. Seulement, je vous demande la permission de m'exprimer en lieues, car les mesures américaines ne me sont pas très familières, et je craindrais de m'embrouiller dans mes calculs. »

La demande parut toute simple et ne souffrit aucune difficulté. L'orateur reprit son discours :

« Voici, messieurs, la vitesse des différentes

planètes. Je suis obligé d'avouer que, malgré mon ignorance, je connais fort exactement ce petit détail astronomique; mais avant deux minutes vous serez aussi savants que moi. Apprenez donc que Neptune fait cinq mille lieues à l'heure; Uranus, sept mille; Saturne, huit mille huit cent cinquante-huit; Jupiter, onze mille six cent soixante-quinze; Mars, vingt-deux mille onze; la Terre, vingt-sept mille cinq cents; Vénus, trente-deux mille cent quatre-vingt-dix; Mercure, cinquante-deux mille cinq cent vingt; certaines comètes, quatorze cent mille lieues dans leur périhélie! Quant à nous, véritables flâneurs, gens peu pressés, notre vitesse ne dépassera pas neuf mille neuf cents lieues, et elle ira toujours en décroissant! Je vous demande s'il y a là de quoi s'extasier, et n'est-il pas évident que tout cela sera dépassé quelque jour par des vitesses plus grandes encore, dont la lumière ou l'électricité seront probablement les agents mécaniques? »

Personne ne parut mettre en doute cette affirmation de Michel Ardan.

« Mes chers auditeurs, reprit-il, à en croire certains esprits bornés — c'est le qualificatif qui leur convient —, l'humanité serait renfermée dans un cercle de Popilius qu'elle ne saurait franchir, et condamnée à végéter sur ce globe sans jamais pouvoir s'élancer dans les espaces planétaires! Il n'en est rien! On va aller à la Lune, on ira aux planètes, on ira aux étoiles, comme on va aujourd'hui de Liverpool à New York, facilement, rapidement, sûrement, et l'océan atmosphérique sera bientôt traversé comme les océans de la Lune! La distance n'est qu'un mot relatif, et finira par être ramenée à zéro. »

L'assemblée, quoique très montée en faveur du héros français, resta un peu interdite devant cette audacieuse théorie. Michel Ardan parut le comprendre.

« Vous ne semblez pas convaincus, mes braves hôtes, reprit-il avec un aimable sourire. Eh bien! raisonnons un peu. Savez-vous quel temps il faudrait à un train express pour atteindre la Lune? Trois cents jours. Pas davantage. Un trajet de quatre-vingt-six mille quatre cent dix lieues, mais qu'est-ce que cela? Pas même neuf fois le tour de la Terre, et il n'est point de marins ni de voyageurs un peu dégourdis qui n'aient fait plus de chemin

pendant leur existence. Songez donc que je
ne serai que quatre-vingt-dix-sept heures en
route! Ah! vous vous figurez que la Lune est
éloignée de la Terre et qu'il faut y regarder
à deux fois avant de tenter l'aventure! Mais
que diriez-vous donc s'il s'agissait d'aller à
Neptune, qui gravite à onze cent quarante-
sept millions de lieues du Soleil! Voilà un
voyage que peu de gens pourraient faire, s'il
coûtait seulement cinq sols par kilomètre!
Le baron de Rothschild lui-même, avec son
milliard, n'aurait pas de quoi payer sa place,
et faute de cent quarante-sept millions, il
resterait en route! »

Cette façon d'argumenter parut beaucoup
plaire à l'assemblée; d'ailleurs Michel Ardan,
plein de son sujet, s'y lançait à corps perdu
avec un entrain superbe; il se sentait avidement
écouté, et reprit avec une admirable assurance :

« Eh bien! mes amis, cette distance de
Neptune au Soleil n'est rien encore, si on la
compare à celle des étoiles; en effet, pour
évaluer l'éloignement de ces astres, il faut
entrer dans cette numération éblouissante où
le plus petit nombre a neuf chiffres, et prendre
le milliard pour unité. Je vous demande

pardon d'être si ferré sur cette question, mais elle est d'un intérêt palpitant. Écoutez et jugez! Alpha du Centaure est à huit mille milliards de lieues, Véga à cinquante mille milliards, Sirius à cinquante mille milliards, Arcturus à cinquante-deux mille milliards, la Polaire à cent dix-sept mille milliards, la Chèvre à cent soixante-dix mille milliards, les autres étoiles à des mille et des millions et des milliards de milliards de lieues! Et l'on viendrait parler de la distance qui sépare les planètes du Soleil! Et l'on soutiendrait que cette distance existe! Erreur! fausseté! aberration des sens! Savez-vous ce que je pense de ce monde qui commence à l'astre radieux et finit à Neptune? Voulez-vous connaître ma théorie? Elle est bien simple! Pour moi, le monde solaire est un corps solide, homogène; les planètes qui le composent se pressent, se touchent, adhèrent, et l'espace existant entre elles n'est que l'espace qui sépare les molécules du métal le plus compacte, argent ou fer, or ou platine! J'ai donc le droit d'affirmer, et je répète avec une conviction qui vous pénétrera tous : «La distance est un vain mot, la distance n'existe pas!»

— Bien dit! Bravo! Hurrah! s'écria d'une seule voix l'assemblée électrisée par le geste, par l'accent de l'orateur, par la hardiesse de ses conceptions.

— Non! s'écria J.-T. Maston plus énergiquement que les autres, la distance n'existe pas! »

Et, emporté par la violence de ses mouvements, par l'élan de son corps qu'il eut peine à maîtriser, il faillit tomber du haut de l'estrade sur le sol. Mais il parvint à retrouver son équilibre, et il évita une chute qui lui eût brutalement prouvé que la distance n'était pas un vain mot. Puis le discours de l'entraînant orateur reprit son cours.

« Mes amis, dit Michel Ardan, je pense que cette question est maintenant résolue. Si je ne vous ai pas convaincus tous, c'est que j'ai été timide dans mes démonstrations, faible dans mes arguments, et il faut en accuser l'insuffisance de mes études théoriques. Quoi qu'il en soit, je vous le répète, la distance de la Terre à son satellite est réellement peu importante et indigne de préoccuper un esprit sérieux. Je ne crois donc pas trop m'avancer en disant qu'on établira prochainement des trains de projectiles, dans lesquels se fera

Les trains de projectiles pour la Lune. (Page 240.)

commodément le voyage de la Terre à la
Lune. Il n'y aura ni choc, ni secousse, ni
déraillement à craindre, et l'on atteindra le
but rapidement, sans fatigue, en ligne droite,
« à vol d'abeille », pour parler le langage de
vos trappeurs. Avant vingt ans, la moitié de
la Terre aura visité la Lune!

— Hurrah! hurrah pour Michel Ardan!
s'écrièrent les assistants, même les moins
convaincus.

— Hurrah pour Barbicane! » répondit modestement l'orateur.

Cet acte de reconnaissance envers le pro-
moteur de l'entreprise fut accueilli par d'una-
nimes applaudissements.

« Maintenant, mes amis, reprit Michel Ardan, si vous avez quelque question à m'adresser, vous embarrasserez évidemment un pauvre
homme comme moi, mais je tâcherai cependant
de vous répondre. »

Jusqu'ici, le président du Gun-Club avait
lieu d'être très satisfait de la tournure que
prenait la discussion. Elle portait sur ces
théories spéculatives dans lesquelles Michel
Ardan, entraîné par sa vive imagination, se
montrait fort brillant. Il fallait donc l'empêcher

de dévier vers les questions pratiques, dont il se fût moins bien tiré, sans doute. Barbicane se hâta de prendre la parole, et il demanda à son nouvel ami s'il pensait que la Lune ou les planètes fussent habitées.

« C'est un grand problème que tu me poses là, mon digne président, répondit l'orateur en souriant; cependant, si je ne me trompe, des hommes de grande intelligence, Plutarque, Swedenborg, Bernardin de Saint-Pierre et beaucoup d'autres se sont prononcés pour l'affirmative. En me plaçant au point de vue de la philosophie naturelle, je serais porté à penser comme eux; je me dirais que rien d'inutile n'existe en ce monde, et, répondant à ta question par une autre question, ami Barbicane, j'affirmerais que si les mondes sont habitables, ou ils sont habités, ou ils l'ont été, ou ils le seront.

— Très bien! s'écrièrent les premiers rangs des spectateurs, dont l'opinion avait force de loi pour les derniers.

— On ne peut répondre avec plus de logique et de justesse, dit le président du Gun-Club. La question revient donc à celle-ci : Les mondes sont-ils habitables? Je le crois, pour ma part.

— Et moi, j'en suis certain, répondit Michel Ardan.

— Cependant, répliqua l'un des assistants, il y a des arguments contre l'habitabilité des mondes. Il faudrait évidemment dans la plupart que les principes de la vie fussent modifiés. Ainsi, pour ne parler que des planètes, on doit être brûlé dans les unes et gelé dans les autres, suivant qu'elles sont plus ou moins éloignées du Soleil.

— Je regrette, répondit Michel Ardan, de ne pas connaître personnellement mon honorable contradicteur, car j'essaierais de lui répondre. Son objection a sa valeur, mais je crois qu'on peut la combattre avec quelque succès, ainsi que toutes celles dont l'habitabilité des mondes a été l'objet. Si j'étais physicien, je dirais que, s'il y a moins de calorique mis en mouvement dans les planètes voisines du Soleil, et plus, au contraire, dans les planètes éloignées, ce simple phénomène suffit pour équilibrer la chaleur et rendre la température de ces mondes supportable à des êtres organisés comme nous le sommes. Si j'étais naturaliste, je lui dirais, après beaucoup de savants illustres, que la nature nous fournit sur la

terre des exemples d'animaux vivant dans des
conditions bien diverses d'habitabilité; que
les poissons respirent dans un milieu mortel
aux autres animaux; que les amphibies ont
une double existence assez difficile à expliquer;
que certains habitants des mers se maintiennent
dans les couches d'une grande profondeur
et y supportent sans être écrasés des pressions
de cinquante ou soixante atmosphères; que
divers insectes aquatiques, insensibles à la
température, se rencontrent à la fois dans
les sources d'eau bouillante et dans les plaines
glacées de l'océan Polaire; enfin, qu'il faut
reconnaître à la nature une diversité dans ses
moyens d'action souvent incompréhensible,
mais non moins réelle, et qui va jusqu'à la
toute-puissance. Si j'étais chimiste, je lui
dirais que les aérolithes, ces corps évidemment
formés en dehors du monde terrestre, ont
révélé à l'analyse des traces indiscutables de
carbone; que cette substance ne doit son origine
qu'à des êtres organisés, et que, d'après les
expériences de Reichenbach, elle a dû être
nécessairement « animalisée ». Enfin, si j'étais
théologien, je lui dirais que la Rédemption
divine semble, suivant saint Paul, s'être appli-

quée non seulement à la Terre, mais à tous
les mondes célestes. Mais je ne suis ni théologien, ni chimiste, ni naturaliste, ni physicien.
Aussi, dans ma parfaite ignorance des grandes
lois qui régissent l'univers, je me borne à
répondre : Je ne sais pas si les mondes sont
habités, et, comme je ne le sais pas, je vais
y voir ! »

L'adversaire des théories de Michel Ardan
hasarda-t-il d'autres arguments ? Il est impossible de le dire, car les cris frénétiques de la
foule eussent empêché toute opinion de se
faire jour. Lorsque le silence se fut rétabli
jusque dans les groupes les plus éloignés, le
triomphant orateur se contenta d'ajouter les
considérations suivantes :

« Vous pensez bien, mes braves Yankees,
qu'une si grande question est à peine effleurée
par moi ; je ne viens point vous faire ici un
cours public et soutenir une thèse sur ce
vaste sujet. Il y a toute une autre série d'arguments en faveur de l'habitabilité des mondes.
Je la laisse de côté. Permettez-moi seulement
d'insister sur un point. Aux gens qui sou-
tiennent que les planètes ne sont pas habitées,
il faut répondre : Vous pouvez avoir raison,

s'il est démontré que la Terre est le meilleur
des mondes possible, mais cela n'est pas,
quoi qu'en ait dit Voltaire. Elle n'a qu'un
satellite, quand Jupiter, Uranus, Saturne,
Neptune, en ont plusieurs à leur service,
avantage qui n'est point à dédaigner. Mais
ce qui rend surtout notre globe peu confortable, c'est l'inclinaison de son axe sur son
orbite. De là l'inégalité des jours et des nuits;
de là cette diversité fâcheuse des saisons. Sur
notre malheureux sphéroïde, il fait toujours
trop chaud ou trop froid; on y gèle en hiver,
on y brûle en été; c'est la planète aux rhumes,
aux coryzas et aux fluxions de poitrine, tandis
qu'à la surface de Jupiter, par exemple, où
l'axe est très peu incliné[1], les habitants pourraient jouir de températures invariables; il y
a la zone des printemps, la zone des étés,
la zone des automnes et la zone des hivers
perpétuels; chaque Jovien peut choisir le
climat qui lui plaît et se mettre pour toute sa
vie à l'abri des variations de la température.
Vous conviendrez sans peine de cette supé-

---

1. L'inclinaison de l'axe de Jupiter sur son orbite
n'est que de 3° $5'$.

riorité de Jupiter sur notre planète, sans parler de ses années, qui durent douze ans chacune! De plus, il est évident pour moi que, sous ces auspices et dans ces conditions merveilleuses d'existence, les habitants de ce monde fortuné sont des êtres supérieurs, que les savants y sont plus savants, que les artistes y sont plus artistes, que les méchants y sont moins méchants, et que les bons y sont meilleurs. Hélas! que manque-t-il à notre sphéroïde pour atteindre cette perfection? Peu de chose! Un axe de rotation moins incliné sur le plan de son orbite.

— Eh bien! s'écria une voix impétueuse, unissons nos efforts, inventons des machines et redressons l'axe de la Terre! »

Un tonnerre d'applaudissements éclata à cette proposition, dont l'auteur était et ne pouvait être que J.-T. Maston. Il est probable que le fougueux secrétaire avait été emporté par ses instincts d'ingénieur à hasarder cette hardie proposition. Mais, il faut le dire — car c'est la vérité —, beaucoup l'appuyèrent de leurs cris, et sans doute, s'ils avaient eu le point d'appui réclamé par Archimède, les Américains auraient construit un levier capable de soulever le monde et de redresser son axe. Mais le point d'appui, voilà ce qui manquait à ces téméraires mécaniciens.

Néanmoins, cette idée « éminemment pratique » eut un succès énorme; la discussion fut suspendue pendant un bon quart d'heure, et longtemps, bien longtemps encore, on parla dans les États-Unis d'Amérique de la proposition formulée si énergiquement par le secrétaire perpétuel du Gun-Club.

XX

ATTAQUE ET RIPOSTE

Cet incident semblait devoir terminer la discussion. C'était le « mot de la fin », et l'on n'eût pas trouvé mieux. Cependant, quand l'agitation se fut calmée, on entendit ces paroles prononcées d'une voix forte et sévère :

« Maintenant que l'orateur a donné une large part à la fantaisie, voudra-t-il bien rentrer dans son sujet, faire moins de théories et discuter la partie pratique de son expédition? »

Tous les regards se dirigèrent vers le personnage qui parlait ainsi. C'était un homme maigre, sec, d'une figure énergique, avec une barbe taillée à l'américaine qui foisonnait sous son menton. A la faveur des diverses agitations produites dans l'assemblée, il avait peu à peu gagné le premier rang des spectateurs. Là, les bras croisés, l'œil brillant et hardi, il fixait imperturbablement le héros du meeting. Après avoir formulé sa demande, il se tut et ne parut pas s'émouvoir des milliers de regards qui convergeaient vers lui, ni du murmure désapprobateur excité par ses paroles. La réponse se faisant attendre, il posa de nouveau sa question avec le même accent net et précis, puis il ajouta :

« Nous sommes ici pour nous occuper de la Lune et non de la Terre.

— Vous avez raison, monsieur, répondit Michel Ardan, la discussion s'est égarée. Revenons à la Lune.

— Monsieur, reprit l'inconnu, vous prétendez que notre satellite est habité. Bien.

Mais s'il existe des Sélénites, ces gens-là, à coup sûr, vivent sans respirer, car — je vous en préviens dans votre intérêt — il n'y a pas la moindre molécule d'air à la surface de la Lune. »

A cette affirmation, Ardan redressa sa fauve crinière; il comprit que la lutte allait s'engager avec cet homme sur le vif de la question. Il le regarda fixement à son tour, et dit :

« Ah! il n'a pas d'air dans la Lune! Et qui prétend cela, s'il vous plaît?

— Les savants.

— Vraiment?

— Vraiment.

— Monsieur, reprit Michel, toute plaisanterie à part, j'ai une profonde estime pour les savants qui savent, mais un profond dédain pour les savants qui ne savent pas.

— Vous en connaissez qui appartiennent à cette dernière catégorie?

— Particulièrement. En France, il y en a un qui soutient que « mathématiquement » l'oiseau ne peut pas voler, et un autre dont les théories démontrent que le poisson n'est pas fait pour vivre dans l'eau.

— Il ne s'agit pas de ceux-là, monsieur,

et je pourrais citer à l'appui de ma proposition des noms que vous ne récuseriez pas.

— Alors, monsieur, vous embarrasseriez fort un pauvre ignorant qui, d'ailleurs, ne demande pas mieux que de s'instruire!

— Pourquoi donc abordez-vous les questions scientifiques si vous ne les avez pas étudiées? demanda l'inconnu assez brutalement.

— Pourquoi! répondit Ardan. Par la raison que celui-là est toujours brave qui ne soupçonne pas le danger! Je ne sais rien, c'est vrai, mais c'est précisément ma faiblesse qui fait ma force.

— Votre faiblesse va jusqu'à la folie, s'écria l'inconnu d'un ton de mauvaise humeur.

— Eh! tant mieux, riposta le Français, si ma folie me mène jusqu'à la Lune! »

Barbicane et ses collègues dévoraient des yeux cet intrus qui venait si hardiment se jeter au travers de l'entreprise. Aucun ne le connaissait, et le président, peu rassuré sur les suites d'une discussion si franchement posée, regardait son nouvel ami avec une certaine appréhension. L'assemblée était attentive et sérieusement inquiète, car cette lutte avait pour résultat d'appeler son attention sur les dangers ou même les véritables impossibilités de l'expédition.

« Monsieur, reprit l'adversaire de Michel Ardan, les raisons sont nombreuses et indiscutables qui prouvent l'absence de toute atmosphère autour de la Lune. Je dirai même *a priori* que, si cette atmosphère a jamais existé, elle a dû être soutirée par la Terre. Mais j'aime mieux vous opposer des faits irrécusables.

— Opposez, monsieur, répondit Michel Ardan avec une galanterie parfaite, opposez tant qu'il vous plaira!

— Vous savez, dit l'inconnu, que lorsque des rayons lumineux traversent un milieu tel que l'air, ils sont déviés de la ligne droite, ou, en d'autres termes, qu'ils subissent une réfraction. Eh bien! lorsque des étoiles sont occultées par la Lune, jamais leurs rayons, en rasant les bords du disque, n'ont éprouvé la moindre déviation ni donné le plus léger indice de réfraction. De là cette conséquence évidente que la Lune n'est pas enveloppée d'une atmosphère. »

On regarda le Français, car, l'observation une fois admise, les conséquences en étaient rigoureuses.

« En effet, répondit Michel Ardan, voilà votre meilleur argument, pour ne pas dire le seul, et un savant serait peut-être embarrassé d'y répondre; moi, je vous dirai seulement que cet argument n'a pas une valeur absolue, parce qu'il suppose le diamètre angulaire de la Lune parfaitement déterminé, ce qui n'est pas. Mais passons, et dites-moi, mon cher monsieur, si vous admettez l'existence de volcans à la surface de la Lune.

— Des volcans éteints, oui; enflammés, non.

— Laissez-moi croire pourtant, et sans dépasser les bornes de la logique, que ces volcans ont été en activité pendant une certaine période!

— Cela est certain, mais comme ils pouvaient fournir eux-mêmes l'oxygène nécessaire à la combustion, le fait de leur éruption ne prouve aucunement la présence d'une atmosphère lunaire.

— Passons alors, répondit Michel Ardan, et laissons de côté ce genre d'arguments pour arriver aux observations directes. Mais je vous préviens que je vais mettre des noms en avant.

— Mettez.

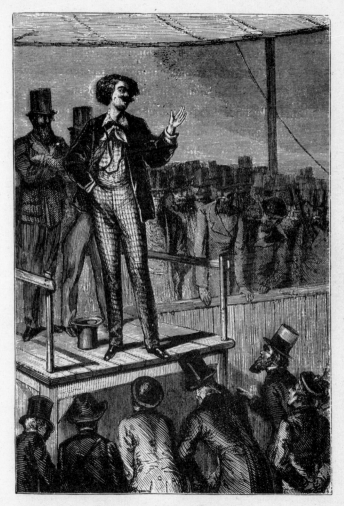

Attaque et risposte. (Page 252.)

— Je mets. En 1715, les astronomes Louville
et Halley, observant l'éclipse du 3 mai, remarquèrent certaines fulminations d'une nature
bizarre. Ces éclats de lumière, rapides et
souvent renouvelés, furent attribués par eux
à des orages qui se déchaînaient dans l'atmosphère de la Lune.

— En 1715, répliqua l'inconnu, les astronomes Louville et Halley ont pris pour des
phénomènes lunaires des phénomènes purement terrestres, tels que bolides ou autres,
qui se produisaient dans notre atmosphère.
Voilà ce qu'ont répondu les savants à l'énoncé
de ces faits, et ce que je réponds avec eux.

— Passons encore, répondit Ardan, sans
être troublé de la riposte. Herschell, en 1787,
n'a-t-il pas observé un grand nombre de
points lumineux à la surface de la Lune?

— Sans doute; mais sans s'expliquer sur
l'origine de ces points lumineux, Herschell
lui-même n'a pas conclu de leur apparition
à la nécessité d'une atmosphère lunaire.

— Bien répondu, dit Michel Ardan en
complimentant son adversaire; je vois que
vous êtes très fort en sélénographie.

— Très fort, monsieur, et j'ajouterai que

les plus habiles observateurs, ceux qui ont
le mieux étudié l'astre des nuits, MM. Beer
et Mœlder, sont d'accord sur le défaut absolu
d'air à sa surface. »

Un mouvement se fit dans l'assistance, qui
parut s'émouvoir des arguments de ce singulier personnage.

« Passons toujours, répondit Michel Ardan
avec le plus grand calme, et arrivons maintenant à un fait important. Un habile astronome français, M. Laussedat, en observant
l'éclipse du 18 juillet 1860, constata que les
cornes du croissant solaire étaient arrondies
et tronquées. Or, ce phénomène n'a pu être
produit que par une déviation des rayons du
soleil à travers l'atmosphère de la Lune, et il
n'a pas d'autre explication possible.

— Mais le fait est-il certain ? demanda
vivement l'inconnu.

— Absolument certain ! »

Un mouvement inverse ramena l'assemblée
vers son héros favori, dont l'adversaire resta
silencieux. Ardan reprit la parole, et sans
tirer vanité de son dernier avantage, il dit
simplement : « Vous voyez donc bien, mon
cher monsieur, qu'il ne faut pas se prononcer

d'une façon absolue contre l'existence d'une atmosphère à la surface de la Lune; cette atmosphère est probablement peu dense, assez subtile, mais aujourd'hui la science admet généralement qu'elle existe.

— Pas sur les montagnes, ne vous en déplaise, riposta l'inconnu, qui n'en voulait pas démordre.

— Non, mais au fond des vallées, et ne dépassant pas en hauteur quelques centaines de pieds.

— En tout cas, vous feriez bien de prendre vos précautions, car cet air sera terriblement raréfié.

— Oh! mon brave monsieur, il y en aura toujours assez pour un homme seul; d'ailleurs, une fois rendu là-haut, je tâcherai de l'économiser de mon mieux et de ne respirer que dans les grandes occasions! »

Un formidable éclat de rire vint tonner aux oreilles du mystérieux interlocuteur, qui promena ses regards sur l'assemblée, en la bravant avec fierté.

« Donc, reprit Michel Ardan d'un air dégagé, puisque nous sommes d'accord sur la présence d'une certaine atmosphère, nous voilà forcés d'admettre la présence d'une certaine quantité d'eau. C'est une conséquence dont je me réjouis fort pour mon compte. D'ailleurs, mon aimable contradicteur, permettez-moi de vous soumettre encore une observation. Nous ne connaissons qu'un côté du disque de la Lune, et s'il y a peu d'air sur la face qui nous regarde, il est possible qu'il y en ait beaucoup sur la face opposée.

— Et pour quelle raison?

— Parce que la Lune, sous l'action de l'attraction terrestre, a pris la forme d'un œuf que nous apercevons par le petit bout. De là cette conséquence due aux calculs de Hansen, que son centre de gravité est situé dans l'autre hémisphère. De là cette conclusion que toutes les masses d'air et d'eau ont dû être entraînées sur l'autre face de notre satellite aux premiers jours de sa création.

— Pures fantaisies! s'écria l'inconnu.

— Non! pures théories, qui sont appuyées sur les lois de la mécanique, et il me paraît difficile de les réfuter. J'en appelle donc à cette assemblée, et je mets aux voix la question de savoir si la vie, telle qu'elle existe sur la Terre, est possible à la surface de la Lune? »

Trois cent mille auditeurs à la fois applaudirent à la proposition. L'adversaire de Michel Ardan voulait encore parler, mais il ne pouvait plus se faire entendre. Les cris, les menaces fondaient sur lui comme la grêle.

« Assez ! assez ! disaient les uns.

— Chassez cet intrus ! répétaient les autres.

— A la porte ! à la porte ! » s'écriait la foule irritée.

Mais lui, ferme, cramponné à l'estrade, ne bougeait pas et laissait passer l'orage, qui eût pris des proportions formidables, si Michel Ardan ne l'eût apaisé d'un geste. Il était trop chevaleresque pour abandonner son contradicteur dans une semblable extrémité.

« Vous désirez ajouter quelques mots ? lui demanda-t-il du ton le plus gracieux.

— Oui ! cent, mille, répondit l'inconnu avec emportement. Ou plutôt, non, un seul ! Pour persévérer dans votre entreprise, il faut que vous soyez...

— Imprudent ! Comment pouvez-vous me traiter ainsi, moi qui ai demandé un boulet cylindro-conique à mon ami Barbicane, afin de ne pas tourner en route à la façon des écureuils ?

— Mais, malheureux, l'épouvantable contre-coup vous mettra en pièces au départ!

— Mon cher contradicteur, vous venez de poser le doigt sur la véritable et la seule difficulté; cependant, j'ai trop bonne opinion du génie industriel des Américains pour croire qu'ils ne parviendront pas à la résoudre!

— Mais la chaleur développée par la vitesse du projectile en traversant les couches d'air?

— Oh! ses parois sont épaisses, et j'aurai si rapidement franchi l'atmosphère!

— Mais des vivres? de l'eau?

— J'ai calculé que je pouvais en emporter pour un an, et ma traversée durera quatre jours!

— Mais de l'air pour respirer en route?

— J'en ferai par des procédés chimiques.

— Mais votre chute sur la Lune, si vous y arrivez jamais?

— Elle sera six fois moins rapide qu'une chute sur la Terre, puisque la pesanteur est six fois moindre à la surface de la Lune.

— Mais elle sera encore suffisante pour vous briser comme du verre!

— Et qui m'empêchera de retarder ma chute au moyen de fusées convenablement disposées et enflammées en temps utile?

— Mais enfin, en supposant que toutes les difficultés soient résolues, tous les obstacles aplanis, en réunissant toutes les chances en votre faveur, en admettant que vous arriviez sain et sauf dans la Lune, comment reviendrez-vous?

— Je ne reviendrai pas! »

A cette réponse, qui touchait au sublime par sa simplicité, l'assemblée demeura muette. Mais son silence fut plus éloquent que n'eussent été ses cris d'enthousiasme. L'inconnu en profita pour protester une dernière fois.

« Vous vous tuerez infailliblement, s'écria-t-il, et votre mort, qui n'aura été que la mort d'un insensé, n'aura pas même servi la science!

— Continuez, mon généreux inconnu, car véritablement vous pronostiquez d'une façon fort agréable.

— Ah! c'en est trop! s'écria l'adversaire de Michel Ardan, et je ne sais pas pourquoi je continue une discussion aussi peu sérieuse! Poursuivez à votre aise cette folle entreprise! Ce n'est pas à vous qu'il faut s'en prendre!

— Oh! ne vous gênez pas!

— Non! c'est un autre qui portera la responsabilité de vos actes!

« — Et qui donc, s'il vous plaît? demanda Michel Ardan d'une voix impérieuse.

— L'ignorant qui a organisé cette tentative aussi impossible que ridicule! »

L'attaque était directe. Barbicane, depuis l'intervention de l'inconnu, faisait de violents efforts pour se contenir, et « brûler sa fumée » comme certains foyers de chaudières; mais, en se voyant si outrageusement désigné, il se leva précipitamment et allait marcher à l'adversaire qui le bravait en face, quand il se vit subitement séparé de lui.

L'estrade fut enlevée tout d'un coup par cent bras vigoureux, et le président du Gun-Club dut partager avec Michel Ardan les honneurs du triomphe. Le pavois était lourd, mais les porteurs se relayaient sans cesse, et chacun se disputait, luttait, combattait pour prêter à cette manifestation l'appui de ses épaules.

Cependant l'inconnu n'avait point profité du tumulte pour quitter la place. L'aurait-il pu, d'ailleurs, au milieu de cette foule compacte? Non, sans doute. En tout cas, il se tenait au premier rang, les bras croisés, et dévorait des yeux le président Barbicane.

L'estrade fut enlevée tout d'un coup. (Page 263.)

Celui-ci ne le perdait pas de vue, et les regards de ces deux hommes demeuraient engagés comme deux épées frémissantes.

Les cris de l'immense foule se maintinrent à leur maximum d'intensité pendant cette marche triomphale. Michel Ardan se laissait faire avec un plaisir évident. Sa face rayonnait. Quelquefois l'estrade semblait prise de tangage et de roulis comme un navire battu des flots. Mais les deux héros du meeting avaient le pied marin; ils ne bronchaient pas, et leur vaisseau arriva sans avaries au port de Tampa-Town. Michel Ardan parvint heureusement à se dérober aux dernières étreintes de ses vigoureux admirateurs; il s'enfuit à l'hôtel Franklin, gagna prestement sa chambre et se glissa rapidement dans son lit, tandis qu'une armée de cent mille hommes veillait sous ses fenêtres.

Pendant ce temps, une scène courte, grave, décisive, avait lieu entre le personnage mystérieux et le président du Gun-Club.

Barbicane, libre enfin, était allé droit à son adversaire.

« Venez! » dit-il d'une voix brève.

Celui-ci le suivit sur le quai, et bientôt tous

les deux se trouvèrent seuls à l'entrée d'un wharf ouvert sur le Jone's-Fall.

Là, ces ennemis, encore inconnus l'un à l'autre, se regardèrent.

« Qui êtes-vous ? demanda Barbicane.

— Le capitaine Nicholl.

— Je m'en doutais. Jusqu'ici le hasard ne vous avait jamais jeté sur mon chemin...

— Je suis venu m'y mettre !

— Vous m'avez insulté !

— Publiquement.

— Et vous me rendrez raison de cette insulte.

— A l'instant.

— Non. Je désire que tout se passe secrètement entre nous. Il y a un bois situé à trois milles de Tampa, le bois de Skersnaw. Vous le connaissez ?

— Je le connais.

— Vous plaira-t-il d'y entrer demain matin à cinq heures par un côté ?...

— Oui, si à la même heure vous entrez par l'autre côté.

— Et vous n'oublierez pas votre rifle ? dit Barbicane.

— Pas plus que vous n'oublierez le vôtre », répondit Nicholl.

Sur ces paroles froidement prononcées, le président du Gun-Club et le capitaine se séparèrent. Barbicane revint à sa demeure, mais au lieu de prendre quelques heures de repos, il passa la nuit à chercher les moyens d'éviter le contrecoup du projectile et de résoudre ce difficile problème posé par Michel Ardan dans la discussion du meeting.

XXI

COMMENT UN FRANÇAIS ARRANGE UNE AFFAIRE

PENDANT que les conventions de ce duel étaient discutées entre le président et le capitaine, duel terrible et sauvage, dans lequel chaque adversaire devient chasseur d'homme, Michel Ardan se reposait des fatigues du triomphe. Se reposer n'est évidemment pas une expression juste, car les lits américains peuvent rivaliser pour la dureté avec des tables de marbre ou de granit.

Ardan dormait donc assez mal, se tournant,

se retournant entre les serviettes qui lui servaient de draps, et il songeait à installer une
couchette plus confortable dans son projectile,
quand un bruit violent vint l'arracher à ses
rêves. Des coups désordonnés ébranlaient sa
porte. Ils semblaient être portés avec un
instrument de fer. De formidables éclats de voix
se mêlaient à ce tapage un peu trop matinal.

« Ouvre! criait-on. Mais, au nom du Ciel,
ouvre donc! »

Ardan n'avait aucune raison d'acquiescer
à une demande si bruyamment posée. Cependant il se leva et ouvrit sa porte, au moment
où elle allait céder aux efforts du visiteur
obstiné. Le secrétaire du Gun-Club fit irruption
dans la chambre. Une bombe ne serait pas
entrée avec moins de cérémonie.

« Hier soir, s'écria J.-T. Maston *ex abrupto*,
notre président a été insulté publiquement
pendant le meeting! Il a provoqué son adversaire, qui n'est autre que le capitaine Nicholl!
Ils se battent ce matin au bois de Skersnaw!
J'ai tout appris de la bouche de Barbicane!
S'il est tué, c'est l'anéantissement de nos
projets! Il faut donc empêcher ce duel! Or,
un seul homme au monde peut avoir assez

Maston fit irruption dans la chambre. (Page 268.)

d'empire sur Barbicane pour l'arrêter, et cet homme c'est Michel Ardan! »

Pendant que J.-T. Maston parlait ainsi, Michel Ardan, renonçant à l'interrompre, s'était précipité dans son vaste pantalon, et, moins de deux minutes après, les deux amis gagnaient à toutes jambes les faubourgs de Tampa-Town.

Ce fut pendant cette course rapide que Maston mit Ardan au courant de la situation. Il lui apprit les véritables causes de l'inimitié de Barbicane et de Nicholl, comment cette inimitié était de vieille date, pourquoi jusque-là, grâce à des amis communs, le président et le capitaine ne s'étaient jamais rencontrés face à face ; il ajouta qu'il s'agissait uniquement d'une rivalité de plaque et de boulet, et qu'enfin la scène du meeting n'avait été qu'une occasion longtemps cherchée par Nicholl de satisfaire de vieilles rancunes.

Rien de plus terrible que ces duels particuliers à l'Amérique, pendant lesquels les deux adversaires se cherchent à travers les taillis, se guettent au coin des halliers et se tirent au milieu des fourrés comme des bêtes fauves. C'est alors que chacun d'eux doit envier ces

qualités merveilleuses si naturelles aux Indiens des Prairies, leur intelligence rapide, leur ruse ingénieuse, leur sentiment des traces, leur flair dē l'ennemi. Une erreur, une hésitation, un faux pas peuvent amener la mort. Dans ces rencontres, les Yankees se font souvent accompagner de leurs chiens et, à la fois chasseurs et gibier, ils se relancent pendant des heures entières.

« Quels diables de gens vous êtes! s'écria Michel Ardan, quand son compagnon lui eut dépeint avec beaucoup d'énergie toute cette mise en scène.

— Nous sommes ainsi, répondit modestement J.-T. Maston; mais hâtons-nous. »

Cependant Michel Ardan et lui eurent beau courir à travers la plaine encore tout humide de rosée, franchir les rizières et les creeks, couper au plus court, ils ne purent atteindre avant cinq heures et demie le bois de Skersnaw. Barbicane devait avoir passé sa lisière depuis une demi-heure.

Là travaillait un vieux bushman occupé à débiter en fagots des arbres abattus sous sa hache. Maston courut à lui en criant :

« Avez-vous vu entrer dans le bois un homme

armé d'un rifle, Barbicane, le président... mon
meilleur ami?... »

Le digne secrétaire du Gun-Club pensait
naïvement que son président devait être connu
du monde entier. Mais le bushman n'eut pas
l'air de le comprendre.

« Un chasseur, dit alors Ardan.

— Un chasseur? oui, répondit le bushman.

— Il y a longtemps?

— Une heure à peu près.

— Trop tard! s'écria Maston.

— Et avez-vous entendu des coups de fusil?
demanda Michel Ardan.

— Non.

— Pas un seul?

— Pas un seul. Ce chasseur-là n'a pas l'air
de faire bonne chasse!

— Que faire? dit Maston.

— Entrer dans le bois, au risque d'attraper
une balle qui ne nous est pas destinée.

— Ah! s'écria Maston avec un accent auquel on ne pouvait se méprendre, j'aimerais
mieux dix balles dans ma tête qu'une seule
dans la tête de Barbicane.

— En avant donc! » reprit Ardan en serrant
la main de son compagnon.

Quelques secondes plus tard, les deux amis disparaissaient dans le taillis. C'était un fourré fort épais, fait de cyprès géants, de sycomores, de tulipiers, d'oliviers, de tamarins, de chênes vifs et de magnolias. Ces divers arbres enchevêtraient leurs branches dans un inextricable pêle-mêle, sans permettre à la vue de s'étendre au loin. Michel Ardan et Maston marchaient l'un près de l'autre, passant silencieusement à travers les hautes herbes, se frayant un chemin au milieu des lianes vigoureuses, interrogeant du regard les buissons ou les branches perdues dans la sombre épaisseur du feuillage et attendant à chaque pas la redoutable détonation des rifles. Quant aux traces que Barbicane avait dû laisser de son passage à travers le bois, il leur était impossible de les reconnaître, et ils marchaient en aveugles dans ces sentiers à peine frayés, sur lesquels un Indien eût suivi pas à pas la marche de son adversaire.

Après une heure de vaines recherches, les deux compagnons s'arrêtèrent. Leur inquiétude redoublait.

« Il faut que tout soit fini, dit Maston découragé. Un homme comme Barbicane n'a pas rusé avec son ennemi, ni tendu de piège, ni pratiqué de manœuvre! Il est trop franc, trop courageux. Il est allé en avant, droit au danger, et sans doute assez loin du bushman pour que le vent ait emporté la détonation d'une arme à feu!

— Mais nous! nous! répondit Michel Ardan, depuis notre entrée sous bois, nous aurions entendu!...

— Et si nous sommes arrivés trop tard! » s'écria Maston avec un accent de désespoir.

Michel Ardan ne trouva pas un mot à répondre; Maston et lui reprirent leur marche interrompue. De temps en temps ils poussaient de grands cris; ils appelaient soit Barbicane, soit Nicholl; mais ni l'un ni l'autre des deux adversaires ne répondait à leur voix. De joyeuses volées d'oiseaux, éveillés au bruit, disparaissaient entre les branches, et quelques daims effarouchés s'enfuyaient précipitamment à travers les taillis.

Pendant une heure encore, la recherche se prolongea. La plus grande partie du bois avait été explorée. Rien ne décelait la présence des combattants. C'était à douter de l'affirmation du bushman, et Ardan allait renoncer à poursuivre plus longtemps une reconnaissance inutile, quand, tout d'un coup, Maston s'arrêta.

« Chut! fit-il. Quelqu'un là-bas!

— Quelqu'un? répondit Michel Ardan.

— Oui! un homme! Il semble immobile. Son rifle n'est plus entre ses mains. Que fait-il donc?

— Mais le reconnais-tu? demanda Michel Ardan, que sa vue basse servait fort mal en pareille circonstance.

— Oui! oui! Il se retourne, répondit Maston.

— Et c'est?...

— Le capitaine Nicholl!

— Nicholl! » s'écria Michel Ardan, qui ressentit un violent serrement de cœur.

Nicholl désarmé! Il n'avait donc plus rien à craindre de son adversaire?

« Marchons à lui, dit Michel Ardan, nous saurons à quoi nous en tenir. »

Mais son compagnon et lui n'eurent pas fait cinquante pas, qu'ils s'arrêtèrent pour examiner plus attentivement le capitaine. Ils s'imaginaient trouver un homme altéré de sang et tout entier à sa vengeance! En le voyant, ils demeurèrent stupéfaits.

Un filet à maille serrée était tendu entre

deux tulipiers gigantesques, et, au milieu du réseau, un petit oiseau, les ailes enchevêtrées, se débattait en poussant des cris plaintifs. L'oiseleur qui avait disposé cette toile inextricable n'était pas un être humain, mais bien une venimeuse araignée, particulière au pays, grosse comme un œuf de pigeon, et munie de pattes énormes. Le hideux animal, au moment de se précipiter sur sa proie, avait dû rebrousser chemin et chercher asile sur les hautes branches du tulipier, car un ennemi redoutable venait le menacer à son tour.

En effet, le capitaine Nicholl, son fusil à terre, oubliant les dangers de sa situation, s'occupait à délivrer le plus délicatement possible la victime prise dans les filets de la monstrueuse araignée. Quand il eut fini, il donna la volée au petit oiseau, qui battit joyeusement de l'aile et disparut.

Nicholl, attendri, le regardait fuir à travers les branches, quand il entendit ces paroles prononcées d'une voix émue :

« Vous êtes un brave homme, vous ! »

Il se retourna. Michel Ardan était devant lui, répétant sur tous les tons :

« Et un aimable homme !

Au milieu du réseau, un petit oiseau se débattait.

(Page 276.)

— Michel Ardan! s'écria le capitaine. Que venez-vous faire ici, monsieur?

— Vous serrer la main, Nicholl, et vous empêcher de tuer Barbicane ou d'être tué par lui.

— Barbicane! s'écria le capitaine, que je cherche depuis deux heures sans le trouver! Où se cache-t-il?...

— Nicholl, dit Michel Ardan, ceci n'est pas poli! il faut toujours respecter son adversaire; soyez tranquille, si Barbicane est vivant, nous le trouverons, et d'autant plus facilement que, s'il ne s'est pas amusé comme vous à secourir des oiseaux opprimés, il doit vous chercher aussi. Mais quand nous l'aurons trouvé, c'est Michel Ardan qui vous le dit, il ne sera plus question de duel entre vous.

— Entre le président Barbicane et moi, répondit gravement Nicholl, il y a une rivalité telle, que la mort de l'un de nous...

— Allons donc! allons donc! reprit Michel Ardan, de braves gens comme vous, cela a pu se détester, mais cela s'estime. Vous ne vous battrez pas.

— Je me battrai, monsieur!

— Point.

— Capitaine, dit alors J.-T. Maston avec beaucoup de cœur, je suis l'ami du président, son *alter ego*, un autre lui-même ; si vous voulez absolument tuer quelqu'un, tirez sur moi, ce sera exactement la même chose.

— Monsieur, dit Nicholl en serrant son rifle d'une main convulsive, ces plaisanteries...

— L'ami Maston ne plaisante pas, répondit Michel Ardan, et je comprends son idée de se faire tuer pour l'homme qu'il aime ! Mais ni lui ni Barbicane ne tomberont sous les balles du capitaine Nicholl, car j'ai à faire aux deux rivaux une proposition si séduisante qu'ils s'empresseront de l'accepter.

— Et laquelle ? demanda Nicholl avec une visible incrédulité.

— Patience, répondit Ardan, je ne puis la communiquer qu'en présence de Barbicane.

— Cherchons-le donc », s'écria le capitaine.

Aussitôt ces trois hommes se mirent en chemin ; le capitaine, après avoir désarmé son rifle, le jeta sur son épaule et s'avança d'un pas saccadé, sans mot dire.

Pendant une demi-heure encore, les recherches furent inutiles. Maston se sentait pris d'un sinistre pressentiment. Il observait

sévèrement Nicholl, se demandant si, la vengeance du capitaine satisfaite, le malheureux
Barbicane, déjà frappé d'une balle, ne gisait
pas sans vie au fond de quelque taillis ensan-
glanté. Michel Ardan semblait avoir la même
pensée, et tous deux interrogeaient déjà du
regard le capitaine Nicholl, quand Maston
s'arrêta soudain.

Le buste immobile d'un homme adossé au
pied d'un gigantesque catalpa apparaissait
à vingt pas, à moitié perdu dans les herbes.

« C'est lui ! » fit Maston.

Barbicane ne bougeait pas. Ardan plongea
ses regards dans les yeux du capitaine, mais
celui-ci ne broncha pas. Ardan fit quelques
pas en criant :

« Barbicane ! Barbicane ! »

Nulle réponse. Ardan se précipita vers son
ami ; mais, au moment où il allait lui saisir
le bras, il s'arrêta court en poussant un cri
de surprise.

Barbicane, le crayon à la main, traçait des
formules et des figures géométriques sur un
carnet, tandis que son fusil désarmé gisait
à terre.

Absorbé dans son travail, le savant, oubliant

à son tour son duel et sa vengeance, n'avait rien vu, rien entendu.

Mais quand Michel Ardan posa sa main sur la sienne, il se leva et le considéra d'un œil étonné.

« Ah! s'écria-t-il enfin, toi! ici! J'ai trouvé, mon ami! J'ai trouvé!

— Quoi?

— Mon moyen!

— Quel moyen?

— Le moyen d'annuler l'effet du contrecoup au départ du projectile!

— Vraiment? dit Michel en regardant le capitaine du coin de l'œil.

— Oui! de l'eau! de l'eau simple qui fera ressort... Ah! Maston! s'écria Barbicane, vous aussi!

— Lui-même, répondit Michel Ardan, et permets que je te présente en même temps le digne capitaine Nicholl!

— Nicholl! s'écria Barbicane, qui fut debout en un instant. Pardon, capitaine, dit-il, j'avais oublié... je suis prêt... »

Michel Ardan intervint sans laisser aux deux ennemis le temps de s'interpeller.

« Parbleu! dit-il, il est heureux que de braves gens comme vous ne se soient pas

rencontrés plus tôt! Nous aurions maintenant
à pleurer l'un ou l'autre. Mais, grâce à Dieu
qui s'en est mêlé, il n'y a plus rien à craindre.
Quand on oublie sa haine pour se plonger
dans des problèmes de mécanique ou jouer des
tours aux araignées, c'est que cette haine
n'est dangereuse pour personne. »

Et Michel Ardan raconta au président
l'histoire du capitaine.

« Je vous demande un peu, dit-il en ter-
minant, si deux bons êtres comme vous sont
faits pour se casser réciproquement la tête
à coups de carabine? »

Il y avait dans cette situation, un peu ridicule, quelque chose de si inattendu, que
Barbicane et Nicholl ne savaient trop quelle
contenance garder l'un vis-à-vis de l'autre.
Michel Ardan le sentit bien, et il résolut de
brusquer la réconciliation.

« Mes braves amis, dit-il en laissant poindre
sur ses lèvres son meilleur sourire, il n'y a
jamais eu entre vous qu'un malentendu. Pas
autre chose. Eh bien! pour prouver que tout
est fini entre vous, et puisque vous êtes gens
à risquer votre peau, acceptez franchement
la proposition que je vais vous faire.

— Parlez, dit Nicholl.

— L'ami Barbicane croit que son projectile ira tout droit à la Lune.

— Oui, certes, répliqua le président.

— Et l'ami Nicholl est persuadé qu'il retombera sur la terre.

— J'en suis certain, s'écria le capitaine.

— Bon! reprit Michel Ardan. Je n'ai pas la prétention de vous mettre d'accord; mais je vous dis tout bonnement : Partez avec moi, et venez voir si nous resterons en route.

— Hein! » fit J.-T. Maston stupéfait.

Les deux rivaux, à cette proposition subite, avaient levé les yeux l'un sur l'autre. Ils s'observaient avec attention. Barbicane attendait la réponse du capitaine. Nicholl guettait les paroles du président.

« Eh bien? fit Michel de son ton le plus engageant. Puisqu'il n'y a plus de contrecoup à craindre!

— Accepté! » s'écria Barbicane.

Mais, si vite qu'il eût prononcé ce mot, Nicholl l'avait achevé en même temps que lui.

« Hurrah! bravo! vivat! hip! hip! hip! s'écria Michel Ardan en tendant la main aux

« Partez avec moi, et venez voir... » (Page 284.)

deux adversaires. Et maintenant que l'affaire est arrangée, mes amis, permettez-moi de vous traiter à la française. Allons déjeuner. »

XXII

LE NOUVEAU CITOYEN DES ÉTATS-UNIS

CE jour-là toute l'Amérique apprit en même temps l'affaire du capitaine Nicholl et du président Barbicane, ainsi que son singulier dénouement. Le rôle joué dans cette rencontre par le chevaleresque Européen, sa proposition inattendue qui tranchait la difficulté, l'acceptation simultanée des deux rivaux, cette conquête du continent lunaire à laquelle la France et les États-Unis allaient marcher d'accord, tout se réunit pour accroître encore la popularité de Michel Ardan.

On sait avec quelle frénésie les Yankees se passionnent pour un individu. Dans un pays où de graves magistrats s'attellent à la voiture d'une danseuse et la traînent triomphalement,

que l'on juge de la passion déchaînée par
l'audacieux Français! Si l'on ne détela pas
ses chevaux, c'est probablement parce qu'il
n'en avait pas, mais toutes les autres marques
d'enthousiasme lui furent prodiguées. Pas un
citoyen qui ne s'unît à lui d'esprit et de cœur!
Ex pluribus unum, suivant la devise des États-
Unis.

A dater de ce jour, Michel Ardan n'eut plus
un moment de repos. Des députations venues
de tous les coins de l'Union le harcelèrent
sans fin ni trêve. Il dut les recevoir bon gré
mal gré. Ce qu'il serra de mains, ce qu'il
tutoya de gens ne peut se compter; il fut
bientôt sur les dents; sa voix, enrouée dans des
speechs innombrables, ne s'échappait plus de
ses lèvres qu'en sons inintelligibles, et il faillit
gagner une gastro-entérite à la suite des toasts
qu'il dut porter à tous les comtés de l'Union.
Ce succès eût grisé un autre dès le premier
jour, mais lui sut se contenir dans une demi-
ébriété spirituelle et charmante.

Parmi les députations de toute espèce qui
l'assaillirent, celle des « lunatiques » n'eut
garde d'oublier ce qu'elle devait au futur
conquérant de la Lune. Un jour, quelques-uns

de ces pauvres gens, assez nombreux en Amé-
·rique, vinrent le trouver et demandèrent à
retourner avec lui dans leur pays natal. Certains d'entre eux prétendaient parler « le
sélénite » et voulurent l'apprendre à Michel
Ardan. Celui-ci se prêta de bon cœur à leur
innocente manie et se chargea de commissions
pour leurs amis de la Lune.

« Singulière folie ! dit-il à Barbicane après
les avoir congédiés, et folie qui frappe souvent
les vives intelligences. Un de nos plus illustres
savants, Arago, me disait que beaucoup de
gens très sages et très réservés dans leurs
conceptions se laissaient aller à une grande
exaltation, à d'incroyables singularités, toutes
les fois que la Lune les occupait. Tu ne crois
pas à l'influence de la Lune sur les maladies ?

— Peu, répondit le président du Gun-Club.

— Je n'y crois pas non plus, et cependant
l'histoire a enregistré des faits au moins éton-
nants. Ainsi, en 1693, pendant une épidémie,
les personnes périrent en plus grand nombre
le 21 janvier, au moment d'une éclipse. Le
célèbre Bacon s'évanouissait pendant les éclipses
de la Lune et ne revenait à la vie qu'après
l'entière émersion de l'astre. Le roi Charles VI

retomba six fois en démence pendant l'année
1399, soit à la nouvelle, soit à la pleine Lune.
Des médecins ont classé le mal caduc parmi
ceux qui suivent les phases de la Lune. Les
maladies nerveuses ont paru subir souvent
son influence. Mead parle d'un enfant qui
entrait en convulsions quand la Lune entrait
en opposition. Gall avait remarqué que l'exaltation des personnes faibles s'accroissait deux
fois par mois, aux époques de la nouvelle et
de la pleine Lune. Enfin il y a encore mille
observations de ce genre sur les vertiges, les
fièvres malignes, les somnambulismes, tendant
à prouver que l'astre des nuits a une mystérieuse influence sur les maladies terrestres.

— Mais comment? pourquoi? demanda Barbicane.

— Pourquoi? répondit Ardan. Ma foi, je
te ferai la même réponse qu'Arago répétait
dix-neuf siècles après Plutarque : « C'est
« peut-être parce que ça n'est pas vrai! »

Au milieu de son triomphe, Michel Ardan
ne put échapper à aucune des corvées inhérentes à l'état d'homme célèbre. Les entre-
preneurs de succès voulurent l'exhiber. Barnum
lui offrit un million pour le promener de ville

en ville dans tous les États-Unis et le montrer
comme un animal curieux. Michel Ardan
le traita de cornac et l'envoya promener
lui-même.

Cependant, s'il refusa de satisfaire ainsi la
curiosité publique, ses portraits, du moins,
coururent le monde entier et occupèrent la
place d'honneur dans les albums; on en fit
des épreuves de toutes dimensions, depuis
la grandeur naturelle jusqu'aux réductions
microscopiques des timbres-poste. Chacun pouvait posséder son héros dans toutes les poses
imaginables, en tête, en buste, en pied, de
face, de profil, de trois quarts, de dos. On en
tira plus de quinze cent mille exemplaires,
et il avait là une belle occasion de se débiter
en reliques, mais il n'en profita pas. Rien
qu'à vendre ses cheveux un dollar la pièce,
il lui en restait assez pour faire fortune!

Pour tout dire, cette popularité ne lui
déplaisait pas. Au contraire. Il se mettait à
la disposition du public et correspondait avec
l'univers entier. On répétait ses bons mots,
on les propageait, surtout ceux qu'il ne faisait
pas. On lui en prêtait, suivant l'habitude,
car il était riche de ce côté.

Non seulement il eut pour lui les hommes, mais aussi les femmes. Quel nombre infini de « beaux mariages » il aurait faits, pour peu que la fantaisie l'eût pris de « se fixer » ! Les vieilles misses surtout, celles qui depuis quarante ans séchaient sur pied, rêvaient nuit et jour devant ses photographies.

Il est certain qu'il eût trouvé des compagnes par centaines, même s'il leur avait imposé la condition de le suivre dans les airs. Les femmes sont intrépides quand elles n'ont pas peur de tout. Mais son intention n'était pas de faire souche sur le continent lunaire, et d'y transplanter une race croisée de Français et d'Américains. Il refusa donc.

« Aller jouer là-haut, disait-il, le rôle d'Adam avec une fille d'Ève, merci ! Je n'aurais qu'à rencontrer des serpents !... »

Dès qu'il put se soustraire enfin aux joies trop répétées du triomphe, il alla, suivi de ses amis, faire une visite à la Columbiad. Il lui devait bien cela. Du reste, il était devenu très fort en balistique, depuis qu'il vivait avec Barbicane, J.-T. Maston et *tutti quanti*. Son plus grand plaisir consistait à répéter à ces braves artilleurs qu'ils n'étaient que des meur-

triers aimables et savants. Il ne tarissait pas
en plaisanteries à cet égard. Le jour où il
visita la Columbiad, il l'admira fort et descendit jusqu'au fond de l'âme de ce gigantesque
mortier qui devait bientôt le lancer vers
l'astre des nuits.

« Au moins, dit-il, ce canon-là ne fera de
mal à personne, ce qui est déjà assez étonnant
de la part d'un canon. Mais quant à vos
engins qui détruisent, qui incendient, qui
brisent, qui tuent, ne m'en parlez pas, et
surtout ne venez jamais me dire qu'ils ont
« une âme », je ne vous croirais pas! »

Il faut rapporter ici une proposition relative
à J.-T. Maston. Quand le secrétaire du Gun-
Club entendit Barbicane et Nicholl accepter
la proposition de Michel Ardan, il résolut
de se joindre à eux et de faire « la partie à
quatre ». Un jour il demanda à être du voyage.
Barbicane, désolé de refuser, lui fit comprendre
que le projectile ne pouvait emporter un
aussi grand nombre de passagers. J.-T. Maston,
désespéré, alla trouver Michel Ardan, qui
l'invita à se résigner et fit valoir des arguments
ad hominem.

« Vois-tu, mon vieux Maston, lui dit-il,

il ne faut pas prendre mes paroles en mauvaise
part; mais vraiment là, entre nous, tu es trop
incomplet pour te présenter dans la Lune!

— Incomplet! s'écria le vaillant invalide.

— Oui! mon brave ami! Songe au cas où
nous rencontrerions des habitants là-haut.
Voudrais-tu donc leur donner une aussi triste
idée de ce qui se passe ici-bas, leur apprendre
ce que c'est que la guerre, leur montrer qu'on
emploie le meilleur de son temps à se dévorer,
à se manger, à se casser bras et jambes, et
cela sur un globe qui pourrait nourrir cent
milliards d'habitants, et où il y en a douze
cents millions à peine? Allons donc, mon
digne ami, tu nous ferais mettre à la porte!

— Mais si vous arrivez en morceaux, répliqua J.-T. Maston, vous serez aussi incomplets
que moi!

— Sans doute, répondit Michel Ardan,
mais nous n'arriverons pas en morceaux!»

En effet, une expérience préparatoire, tentée
le 18 octobre, avait donné les meilleurs résultats et fait concevoir les plus légitimes espé-
rances. Barbicane, désirant se rendre compte
de l'effet de contrecoup au moment du départ
d'un projectile, fit venir un mortier de trente-

deux pouces (— 0,75 cm) de l'arsenal de Pensacola. On l'installa sur le rivage de la rade d'Hillisboro, afin que la bombe retombât dans la mer et que sa chute fût amortie. Il ne s'agissait que d'expérimenter la secousse au départ et non le choc à l'arrivée. Un projectile creux fut préparé avec le plus grand soin pour cette curieuse expérience. Un épais capitonnage, appliqué sur un réseau de ressorts faits du meilleur acier, doublait ses parois intérieures. C'était un véritable nid soigneusement ouaté.

« Quel dommage de ne pouvoir y prendre place ! » disait J.-T. Maston en regrettant que sa taille ne lui permît pas de tenter l'aventure.

Dans cette charmante bombe, qui se fermait au moyen d'un couvercle à vis, on introduisit d'abord un gros chat, puis un écureuil appartenant au secrétaire perpétuel du Gun-Club, et auquel J.-T. Maston tenait particulièrement. Mais on voulait savoir comment ce petit animal, peu sujet au vertige, supporterait ce voyage expérimental.

Le mortier fut chargé avec cent soixante livres de poudre et la bombe placée dans la pièce. On fit feu.

Aussitôt le projectile s'enleva avec rapidité, décrivit majestueusement sa parabole, atteignit une hauteur de mille pieds environ, et par une courbe gracieuse alla s'abîmer au milieu des flots.

Sans perdre un instant, une embarcation se dirigea vers le lieu de sa chute; des plongeurs habiles se précipitèrent sous les eaux, et attachèrent des câbles aux oreillettes de la bombe, qui fut rapidement hissée à bord. Cinq minutes ne s'étaient pas écoulées entre le moment où les animaux furent enfermés et le moment où l'on dévissa le couvercle de leur prison.

Ardan, Barbicane, Maston, Nicholl se trouvaient sur l'embarcation, et ils assistèrent à l'opération avec un sentiment d'intérêt facile à comprendre. A peine la bombe fut-elle ouverte, que le chat s'élança au-dehors, un peu froissé, mais plein de vie, et sans avoir l'air de revenir d'une expédition aérienne. Mais d'écureil point. On chercha. Nulle trace. Il fallut bien alors reconnaître la vérité. Le chat avait mangé son compagnon de voyage.

J.-T. Maston fut très attristé de la perte

Le chat retiré de la bombe. (Page 294.)

de son pauvre écureuil, et se proposa de l'inscrire au martyrologe de la science.

Quoi qu'il en soit, après cette expérience, toute hésitation, toute crainte disparurent; d'ailleurs les plans de Barbicane devaient encore perfectionner le projectile et anéantir presque entièrement les effets de contrecoup. Il n'y avait donc plus qu'à partir.

Deux jours plus tard, Michel Ardan reçut un message du président de l'Union, honneur auquel il se montra particulièrement sensible.

A l'exemple de son chevaleresque compatriote le marquis de la Fayette, le gouvernement lui décernait le titre de citoyen des États-Unis d'Amérique.

XXIII

LE WAGON-PROJECTILE

Après l'achèvement de la célèbre Columbiad, l'intérêt public se rejeta immédiatement sur le projectile, ce nouveau véhicule destiné à transporter à travers l'espace les trois hardis aventuriers. Personne n'avait oublié que, par sa dépêche du 30 septembre, Michel Ardan demandait une modification aux plans arrêtés par les membres du Comité.

Le président Barbicane pensait alors avec raison que la forme du projectile importait peu, car, après avoir traversé l'atmosphère en quelques secondes, son parcours devait s'effectuer dans le vide absolu. Le Comité avait donc adopté la forme ronde, afin que le boulet pût tourner sur lui-même et se comporter à sa fantaisie. Mais, dès l'instant qu'on le transformait en véhicule, c'était une autre affaire. Michel Ardan ne se souciait pas de voyager à la façon des écureuils; il voulait monter la tête en haut, les pieds en bas, ayant autant de dignité que dans la nacelle d'un ballon, plus vite sans doute, mais sans se livrer à une succession de cabrioles peu convenables.

De nouveaux plans furent donc envoyés à la maison Breadwill and C° d'Albany, avec recommandation de les exécuter sans retard. Le projectile, ainsi modifié, fut fondu le 2 novembre et expédié immédiatement à

L'arrivée du projectile à Stone's-Hill. (Page 299.)

Stone's-Hill par les railways de l'Est. Le 10,
il arriva sans accident au lieu de sa destination.
Michel Ardan, Barbicane et Nicholl attendaient avec la plus vive impatience ce
« wagon-projectile » dans lequel ils devaient
prendre passage pour voler à la découverte
d'un nouveau monde.

Il faut en convenir, c'était une magnifique
pièce de métal, un produit métallurgique
qui faisait le plus grand honneur au génie
industriel des Américains. On venait d'obtenir
pour la première fois l'aluminium en masse
aussi considérable, ce qui pouvait être justement regardé comme un résultat prodigieux.
Ce précieux projectile étincelait aux rayons
du Soleil. A le voir avec ses formes imposantes
et coiffé de son chapeau conique, on l'eût
pris volontiers pour une de ces épaisses tourelles
en façon de poivrières, que les architectes
du Moyen Age suspendaient à l'angle des
châteaux forts. Il ne lui manquait que des
meurtrières et une girouette.

« Je m'attends, s'écriait Michel Ardan, à
ce qu'il en sorte un homme d'armes portant
la haquebutte et le corselet d'acier. Nous
serons là-dedans comme des seigneurs féodaux,

et, avec un peu d'artillerie, on y tiendrait tête à toutes les armées sélénites, si toutefois il y en a dans la Lune!

— Ainsi le véhicule te plaît? demanda Barbicane à son ami.

— Oui! oui! sans doute, répondit Michel Ardan qui l'examinait en artiste. Je regrette seulement que ses formes ne soient pas plus effilées, son cône plus gracieux; on aurait dû le terminer par une touffe d'ornements en métal guilloché, avec une chimère, par exemple, une gargouille, une salamandre sortant du feu les ailes déployées et la gueule ouverte...

— A quoi bon? dit Barbicane, dont l'esprit positif était peu sensible aux beautés de l'art.

— A quoi bon, ami Barbicane! Hélas! puisque tu me le demandes, je crains bien que tu ne le comprennes jamais!

— Dis toujours, mon brave compagnon.

— Eh bien! suivant moi, il faut toujours mettre un peu d'art dans ce que l'on fait, cela vaut mieux. Connais-tu une pièce indienne qu'on appelle *Le Chariot de l'Enfant*?

— Pas même de nom, répondit Barbicane.

— Cela ne m'étonne pas, reprit Michel Ardan. Apprends donc que, dans cette pièce, il y a un voleur qui, au moment de percer le mur d'une maison, se demande s'il donnera à son trou la forme d'une lyre, d'une fleur, d'un oiseau ou d'une amphore. Eh bien! dis-moi, ami Barbicane, si à cette époque tu avais été membre du jury, est-ce que tu aurais condamné ce voleur-là?

— Sans hésiter, répondit le président du Gun-Club, et avec la circonstance aggravante d'effraction.

— Et moi je l'aurais acquitté, ami Barbicane! Voilà pourquoi tu ne pourras jamais me comprendre!

— Je n'essaierai même pas, mon vaillant artiste.

— Mais au moins, reprit Michel Ardan, puisque l'extérieur de notre wagon-projectile laisse à désirer, on me permettra de le meubler à mon aise, et avec tout le luxe qui convient à des ambassadeurs de la Terre!

— A cet égard, mon brave Michel, répondit Barbicane, tu agiras à ta fantaisie, et nous te laisserons faire à ta guise. »

Mais, avant de passer à l'agréable, le président du Gun-Club avait songé à l'utile, et les moyens inventés par lui pour amoindrir les effets du contrecoup furent appliqués avec une intelligence parfaite.

Barbicane s'était dit, non sans raison, que nul ressort ne serait assez puissant pour amortir le choc, et, pendant sa fameuse promenade dans le bois de Skersnaw, il avait fini par résoudre cette grande difficulté d'une ingénieuse façon. C'est à l'eau qu'il comptait demander de lui rendre ce service signalé. Voici comment.

Le projectile devait être rempli à la hauteur de trois pieds d'une couche d'eau destinée à supporter un disque en bois parfaitement étanche, qui glissait à frottement sur les parois intérieures du projectile. C'est sur ce véritable radeau que les voyageurs prenaient place. Quant à la masse liquide, elle était divisée par des cloisons horizontales que le choc au départ devait briser successivement. Alors chaque nappe d'eau, de la plus basse à la plus haute, s'échappant par des tuyaux de dégagement vers la partie supérieure du projectile, arrivait ainsi à faire ressort, et le disque, muni lui-même de tampons extrêmement puissants, ne pouvait heurter le culot inférieur qu'après l'écrasement successif des diverses cloisons. Sans doute les voyageurs éprouveraient encore un contrecoup violent après le complet échappement de la masse liquide, mais le premier choc devait être presque entièrement amorti par ce ressort d'une grande puissance.

Il est vrai que trois pieds d'eau sur une surface de cinquante-quatre pieds carrés devaient peser près de onze mille cinq cents livres; mais la détente des gaz accumulés dans la Columbiad suffirait, suivant Barbicane, à vaincre cet accroissement de poids; d'ailleurs le choc devait chasser toute cette eau en moins d'une seconde, et le projectile reprendrait promptement sa pesanteur normale.

Voilà ce qu'avait imaginé le président du Gun-Club et de quelle façon il pensait avoir résolu la grave question du contrecoup. Du reste, ce travail, intelligemment compris par les ingénieurs de la maison Breadwill, fut merveilleusement exécuté; l'effet une fois produit et l'eau chassée au-dehors, les voyageurs pouvaient se débarrasser facilement des cloisons brisées et démonter le disque mobile qui les supportait au moment du départ.

Quant aux parois supérieures du projectile,

elles étaient revêtues d'un épais capitonnage de cuir, appliqué sur des spirales du meilleur acier, qui avaient la souplesse des ressorts de montre. Les tuyaux d'échappement dissimulés sous ce capitonnage ne laissaient pas même soupçonner leur existence.

Ainsi donc toutes les précautions imaginables pour amortir le premier choc avaient été prises, et pour se laisser écraser, disait Michel Ardan, il faudrait être « de bien mauvaise composition ».

Le projectile mesurait neuf pieds de large extérieurement sur douze pieds de haut. Afin de ne pas dépasser le poids assigné, on avait un peu diminué l'épaisseur de ses parois et renforcé sa partie inférieure, qui devait supporter toute la violence des gaz développés par la déflagration du pyroxyle. Il en est ainsi, d'ailleurs, dans les bombes et les obus cylindro-coniques, dont le culot est toujours plus épais.

On pénétrait dans cette tour de métal par une étroite ouverture ménagée sur les parois du cône, et semblable à ces « trous d'homme » des chaudières à vapeur. Elle se fermait hermétiquement au moyen d'une plaque d'aluminium, retenue à l'intérieur par de puissantes vis de pression. Les voyageurs pourraient donc sortir à volonté de leur prison mobile, dès qu'ils auraient atteint l'astre des nuits.

Mais il ne suffisait pas d'aller, il fallait voir en route. Rien ne fut plus facile. En effet, sous le capitonnage se trouvaient quatre hublots de verre lenticulaire d'une forte épaisseur, deux percés dans la paroi circulaire du projectile; un troisième à sa partie inférieure et un quatrième dans son chapeau conique. Les voyageurs seraient donc à même d'observer, pendant leur parcours, la Terre qu'ils abandonnaient, la Lune dont ils s'approchaient et les espaces constellés du ciel. Seulement, ces hublots étaient protégés contre les chocs du départ par des plaques solidement encastrées, qu'il était facile de rejeter au-dehors en dévissant des écrous intérieurs. De cette façon, l'air contenu dans le projectile ne pouvait pas s'échapper, et les observations devenaient possibles.

Tous ces mécanismes, admirablement établis, fonctionnaient avec la plus grande facilité, et les ingénieurs ne s'étaient pas montrés moins intelligents dans les aménagements du wagon-projectile.

Des récipients solidement assujettis étaient destinés à contenir l'eau et les vivres nécessaires aux trois voyageurs; ceux-ci pouvaient même se procurer le feu et la lumière au moyen de gaz emmagasiné dans un récipient spécial sous une pression de plusieurs atmosphères. Il suffisait de tourner un robinet, et pendant six jours ce gaz devait éclairer et chauffer ce confortable véhicule. On le voit, rien ne manquait des choses essentielles à la vie et même au bien-être. De plus, grâce aux instincts de Michel Ardan, l'agréable vint se joindre à l'utile sous la forme d'objets d'art; il eût fait de son projectile un véritable atelier d'artiste, si l'espace ne lui eût pas manqué. Du reste, on se tromperait en supposant que trois personnes dussent se trouver à l'étroit dans cette tour de métal. Elle avait une surface de cinquante-quatre pieds carrés à peu près sur dix pieds de hauteur, ce qui permettait à ses hôtes une certaine liberté de mouvement. Ils n'eussent pas été aussi à leur aise dans le plus confortable wagon des États-Unis.

La question des vivres et de l'éclairage étant résolue, restait la question de l'air. Il

était évident que l'air enfermé dans le projectile ne suffirait pas pendant quatre jours
à la respiration des voyageurs; chaque homme,
en effet, consomme dans une heure environ
tout l'oxygène contenu dans cent litres d'air.
Barbicane, ses deux compagnons, et deux
chiens qu'il comptait emmener, devaient consommer, par vingt-quatre heures, deux mille
quatre cents litres d'oxygène, ou, en poids,
à peu près sept livres. Il fallait donc renouveler
l'air du projectile. Comment? Par un procédé
bien simple, celui de MM. Reiset et Regnault,
indiqué par Michel Ardan pendant la discussion du meeting.

On sait que l'air se compose principalement
de vingt et une parties d'oxygène et de soixante-
dix-neuf parties d'azote. Or, que se passe-t-il
dans l'acte de la respiration? Un phénomène
fort simple. L'homme absorbe l'oxygène de
l'air, éminemment propre à entretenir la vie,
et rejette l'azote intact. L'air expiré a perdu
près de cinq pour cent de son oxygène et
contient alors un volume à peu près égal
d'acide carbonique, produit définitif de la
combustion des éléments du sang par l'oxygène inspiré. Il arrive donc que dans un

milieu clos, et après un certain temps, tout
l'oxygène de l'air est remplacé par l'acide
carbonique, gaz essentiellement délétère.

La question se réduisait dès lors à ceci :
l'azote s'étant conservé intact, 1º refaire
l'oxygène absorbé; 2º détruire l'acide carbonique expiré. Rien de plus facile au moyen
du chlorate de potasse et de la potasse caustique.

Le chlorate de potasse est un sel qui se
présente sous la forme de paillettes blanches;
lorsqu'on le porte à une température supérieure
à quatre cents degrés, il se transforme en chlo-
rure de potassium, et l'oxygène qu'il contient se
dégage entièrement. Or, dix-huit livres de
chlorate de potasse rendent sept livres d'oxygène, c'est-à-dire la quantité nécessaire aux
voyageurs pendant vingt-quatre heures. Voilà
pour refaire l'oxygène.

Quant à la potasse caustique, c'est une
matière très avide de l'acide carbonique
mêlé à l'air, et il suffit de l'agiter pour qu'elle
s'en empare et forme du bicarbonate de
potasse. Voilà pour absorber l'acide carbonique.

En combinant ces deux moyens, on était
certain de rendre à l'air vicié toutes ses qualités

vivifiantes. C'est ce que les deux chimistes, MM. Reiset et Regnault, avaient expérimenté avec succès. Mais, il faut le dire, l'expérience avait eu lieu jusqu'alors *in anima vili*. Quelle que fût sa précision scientifique, on ignorait absolument comment des hommes la supporteraient.

Telle fut l'observation faite à la séance où se traita cette grave question. Michel Ardan ne voulait pas mettre en doute la possibilité de vivre au moyen de cet air factice, et il offrit d'en faire l'essai avant le départ. Mais l'honneur de tenter cette épreuve fut réclamé énergiquement par J.-T. Maston.

« Puisque je ne pars pas, dit ce brave artilleur, c'est bien le moins que j'habite le projectile pendant une huitaine de jours. »

Il y aurait eu mauvaise grâce à lui refuser. On se rendit à ses vœux. Une quantité suffisante de chlorate de potasse et de potasse caustique fut mise à sa disposition avec des vivres pour huit jours; puis, ayant serré la main de ses amis, le 12 novembre, à six heures du matin, après avoir expressément recommandé de ne pas ouvrir sa prison avant le 20, à six heures du soir, il se glissa dans le projectile, dont la plaque fut hermétiquement fermée.

Que se passa-t-il pendant cette huitaine? Impossible de s'en rendre compte. L'épaisseur des parois du projectile empêchait tout bruit intérieur d'arriver au-dehors.

Le 20 novembre, à six heures précises, la plaque fut retirée; les amis de J.-T. Maston ne laissaient pas d'être un peu inquiets. Mais ils furent promptement rassurés en entendant une voix joyeuse qui poussait un hurrah formidable.

Bientôt le secrétaire du Gun-Club apparut au sommet du cône dans une attitude triomphante. Il avait engraissé!

XXIV

LE TÉLESCOPE DES MONTAGNES ROCHEUSES

Le 20 octobre de l'année précédente, après la souscription close, le président du Gun-Club avait crédité l'Observatoire de Cambridge des sommes nécessaires à la construction d'un

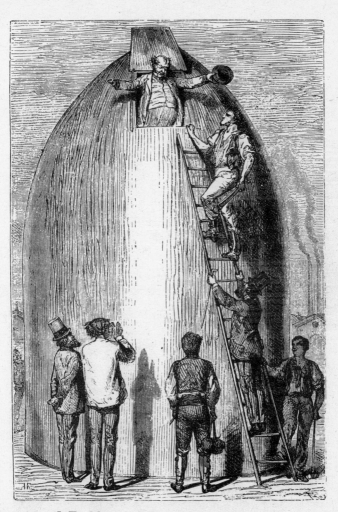

J.-T. Maston avait engraissé! (Page 310.)

vaste instrument d'optique. Cet appareil, lunette ou télescope, devait être assez puissant
pour rendre visible à la surface de la Lune
un objet ayant au plus neuf pieds de largeur.

Il y a une différence importante entre la
lunette et le télescope; il est bon de la rappeler
ici. La lunette se compose d'un tube qui porte
à son extrémité supérieure une lentille convexe
appelée objectif, et à son extrémité inférieure
une seconde lentille nommée oculaire, à laquelle s'applique l'œil de l'observateur. Les
rayons émanant de l'objet lumineux traversent
la première lentille et vont, par réfraction,
former une image renversée à son foyer[1].
Cette image, on l'observe avec l'oculaire,
qui la grossit exactement comme ferait une
loupe. Le tube de la lunette est donc fermé
à chaque extrémité par l'objectif et l'oculaire.

Au contraire, le tube du télescope est ouvert
à son extrémité supérieure. Les rayons partis
de l'objet observé y pénètrent librement et
vont frapper un miroir métallique concave,
c'est-à-dire convergent. De là ces rayons

---

1. C'est le point où les rayons lumineux se réunissent
après avoir été réfractés.

réfléchis rencontrent un petit miroir qui les renvoie à l'oculaire, disposé de façon à grossir l'image produite.

Ainsi, dans les lunettes, la réfraction joue le rôle principal, et dans les télescopes, la réflexion. De là le nom de réfracteurs donné aux premières, et celui de réflecteurs attribué aux seconds. Toute la difficulté d'exécution de ces appareils d'optique gît dans la confection des objectifs, qu'ils soient faits de lentilles ou de miroirs métalliques.

Cependant, à l'époque où le Gun-Club tenta sa grande expérience, ces instruments étaient singulièrement perfectionnés et donnaient des résultats magnifiques. Le temps était loin où Galilée observa les astres avec sa pauvre lunette qui grossissait sept fois au plus. Depuis le XVIᵉ siècle, les appareils d'optique s'élargirent et s'allongèrent dans des proportions considérables, et ils permirent de jauger les espaces stellaires à une profondeur inconnue jusqu'alors. Parmi les instruments réfracteurs fonctionnant à cette époque, on citait la lunette de l'Observatoire de Poulkowa, en Russie, dont l'objectif mesure quinze pouces (— 38 centimètres de largeur[1]), la lunette de l'opticien français Lerebours, pourvue d'un objectif égal au précédent, et enfin la lunette de l'Observatoire de Cambridge, munie d'un objectif qui a dix-neuf pouces de diamètre (48 cm).

Parmi les télescopes, on en connaissait deux d'une puissance remarquable et de dimension gigantesque. Le premier, construit par Herschell, était long de trente-six pieds et possédait un miroir large de quatre pieds et demi; il permettait d'obtenir des grossissements de six mille fois. Le second s'élevait en Irlande, à Birrcastle, dans le parc de Parsonstown, et appartenait à Lord Rosse. La longueur de son tube était de quarante-huit pieds, la largeur de son miroir de six pieds (— 1,93 m²);

---

1. Elle a coûté 80 000 roubles (320 000 francs).
2. On entend souvent parler de lunettes ayant une longueur bien plus considérable; une, entre autres, de 300 pieds de foyer, fut établie par les soins de Dominique Cassini à l'Observatoire de Paris; mais il faut savoir que ces lunettes n'avaient pas de tube. L'objectif était suspendu en l'air au moyen de mâts, et l'observateur, tenant son oculaire à la main, venait se placer au foyer de l'objectif le plus exactement possible. On comprend combien ces instruments étaient d'un emploi peu aisé et la difficulté qu'il y avait de centrer deux lentilles placées dans ces conditions.

il grossissait six mille quatre cents fois, et il avait fallu bâtir une immense construction en maçonnerie pour disposer les appareils nécessaires à la manœuvre de l'instrument, qui pesait vingt-huit mille livres.

Mais, on le voit, malgré ces dimensions colossales, les grossissements obtenus ne dépassaient pas six mille fois en nombres ronds; or, un grossissement de six mille fois ne ramène la Lune qu'à trente-neuf milles (— 16 lieues), et il laisse seulement apercevoir les objets ayant soixante pieds de diamètre, à moins que ces objets ne soient très allongés.

Or, dans l'espèce, il s'agissait d'un projectile large de neuf pieds et long de quinze; il fallait donc ramener la Lune à cinq milles (— 2 lieues) au moins, et, pour cela, produire des grossissements de quarante-huit mille fois.

Telle était la question posée à l'Observatoire de Cambridge. Il ne devait pas être arrêté par les difficultés financières; restaient donc les difficultés matérielles.

Et d'abord il fallut opter entre les télescopes et les lunettes. Les lunettes présentent des avantages sur les télescopes. A égalité d'objectifs, elles permettent d'obtenir des grossisse-

ments plus considérables, parce que les rayons
lumineux qui traversent les lentilles perdent
moins par l'absorption que par la réflexion
sur le miroir métallique des télescopes. Mais
l'épaisseur que l'on peut donner à une lentille
est limitée, car, trop épaisse, elle ne laisse
plus passer les rayons lumineux. En outre,
la construction de ces vastes lentilles est exces-
sivement difficile et demande un temps considérable, qui se mesure par années.

Donc, bien que les images fussent mieux
éclairées dans les lunettes, avantage inappré-
ciable quand il s'agit d'observer la Lune, dont
la lumière est simplement réfléchie, on se
décida à employer le télescope, qui est d'une
exécution plus prompte et permet d'obtenir
de plus forts grossissements. Seulement, comme
les rayons lumineux perdent une grande partie
de leur intensité en traversant l'atmosphère,
le Gun-Club résolut d'établir l'instrument sur
l'une des plus hautes montagnes de l'Union,
ce qui diminuerait l'épaisseur des couches
aériennes.

Dans les télescopes, on l'a vu, l'oculaire,
c'est-à-dire la loupe placée à l'œil de l'observateur, produit le grossissement, et l'objectif

qui supporte les plus forts grossissements est celui dont le diamètre est le plus considérable et la distance focale plus grande. Pour grossir quarante-huit mille fois, il fallait dépasser singulièrement en grandeur les objectifs d'Herschell et de Lord Rosse. Là était la difficulté, car la fonte de ces miroirs est une opération très délicate.

Heureusement, quelques années auparavant, un savant de l'Institut de France, Léon Foucault, venait d'inventer un procédé qui rendait très facile et très prompt le polissage des objectifs, en remplaçant le miroir métallique par des miroirs argentés. Il suffisait de couler un morceau de verre de la grandeur voulue et de le métalliser ensuite avec un sel d'argent. Ce fut ce procédé, dont les résultats sont excellents, qui fut suivi pour la fabrication de l'objectif.

De plus, on le disposa suivant la méthode imaginée par Herschell pour ses télescopes. Dans le grand appareil de l'astronome de Slough, l'image des objets, réfléchie par le miroir incliné au fond du tube, venait se former à son autre extrémité où se trouvait situé l'oculaire. Ainsi l'observateur, au lieu d'être placé à la partie inférieure du tube, se hissait à sa partie supérieure, et là, muni de sa loupe, il plongeait dans l'énorme cylindre. Cette combinaison avait l'avantage de supprimer le petit miroir destiné à renvoyer l'image à l'oculaire. Celle-ci ne subissait plus qu'une réflexion au lieu de deux. Donc il y avait un moins grand nombre de rayons lumineux éteints. Donc l'image était moins affaiblie. Donc, enfin, on obtenait plus de clarté, avantage précieux dans l'observation qui devait être faite[1].

Ces résolutions prises, les travaux commencèrent. D'après les calculs du bureau de l'Observatoire de Cambridge, le tube du nouveau réflecteur devait avoir deux cent quatre-vingts pieds de longueur, et son miroir seize pieds de diamètre. Quelque colossal que fût un pareil instrument, il n'était pas comparable à ce télescope long de dix mille pieds (— 3 kilomètres et demi) que l'astronome Hooke proposait de construire il y a quelques années. Néanmoins l'établissement d'un semblable appareil présentait de grandes difficultés.

---

1. Ces réflecteurs sont nommés « front view telescope ».

Quant à la question d'emplacement, elle fut promptement résolue. Il s'agissait de choisir une haute montagne, et les hautes montagnes ne sont pas nombreuses dans les États.

En effet, le système orographique de ce grand pays se réduit à deux chaînes de moyenne hauteur, entre lesquelles coule ce magnifique Mississippi que les Américains appelleraient « le roi des fleuves », s'ils admettaient une royauté quelconque.

A l'est, ce sont les Appalaches, dont le plus haut sommet, dans le New-Hampshire, ne dépasse pas cinq mille six cents pieds, ce qui est fort modeste.

A l'ouest, au contraire, on rencontre les montagnes Rocheuses, immense chaîne qui commence au détroit de Magellan, suit la côte occidentale de l'Amérique du Sud sous le nom d'Andes ou de Cordillères, franchit l'isthme de Panama et court à travers l'Amérique du Nord jusqu'aux rivages de la mer polaire.

Ces montagnes ne sont pas très élevées, et les Alpes ou l'Himalaya les regarderaient avec un suprême dédain du haut de leur

grandeur. En effet, leur plus haut sommet n'a
que dix mille sept cent un pieds, tandis que
le mont Blanc en mesure quatorze mille
quatre cent trente-neuf, et le Kintschindjinga[1]
vingt-six mille sept cent soixante-seize au-
dessus du niveau de la mer.

Mais, puisque le Gun-Club tenait à ce que
le télescope, aussi bien que la Columbiad,
fût établi dans les États de l'Union, il fallut
se contenter des montagnes Rocheuses, et tout
le matériel nécessaire fut dirigé sur le sommet
de Lon's-Peak, dans le territoire du Missouri.

Dire les difficultés de tout genre que les
ingénieurs américains eurent à vaincre, les
prodiges d'audace et d'habileté qu'ils accom-
plirent, la plume ou la parole ne le pourrait
pas. Ce fut un véritable tour de force. Il fallut
monter des pierres énormes, de lourdes pièces
forgées, des cornières d'un poids considérable,
les vastes morceaux du cylindre, l'objectif
pesant lui seul près de trente mille livres,
au-dessus de la limite des neiges perpétuelles,
à plus de dix mille pieds de hauteur, après
avoir franchi des prairies désertes, des forêts

1. La plus haute cime de l'Himalaya.

impénétrables, des « rapides » effrayants, loin
des centres de populations, au milieu de
régions sauvages dans lesquelles chaque détail
de l'existence devenait un problème presque
insoluble. Et néanmoins, ces mille obstacles,
le génie des Américains en triompha. Moins
d'un an après le commencement des travaux,
dans les derniers jours du mois de septembre,
le gigantesque réflecteur dressait dans les airs
son tube de deux cent quatre-vingts pieds.
Il était suspendu à une énorme charpente
en fer; un mécanisme ingénieux permettait
de le manœuvrer facilement vers tous les
points du ciel et de suivre les astres d'un horizon
à l'autre pendant leur marche à travers l'espace.

Il avait coûté plus de quatre cent mille
dollars[1]. La première fois qu'il fut braqué
sur la Lune, les observateurs éprouvèrent
une émotion à la fois curieuse et inquiète.
Qu'allaient-ils découvrir dans le champ de
ce télescope qui grossissait quarante-huit mille
fois les objets observés? Des populations, des
troupeaux d'animaux lunaires, des villes, des
lacs, des océans? Non, rien que la science ne

---

1. Un million six cent mille francs.

Le télescope des montagnes Rocheuses. (Page 323.)

connût déjà, et sur tous les points de son disque la nature volcanique de la Lune put être déterminée avec une précision absolue.

Mais le télescope des montagnes Rocheuses, avant de servir au Gun-Club, rendit d'immenses services à l'astronomie. Grâce à sa puissance de pénétration, les profondeurs du ciel furent sondées jusqu'aux dernières limites, le diamètre apparent d'un grand nombre d'étoiles put être rigoureusement mesuré, et M. Clarke, du bureau de Cambridge, décomposa le *crab nebula*[1] du Taureau, que le réflecteur de Lord Rosse n'avait jamais pu réduire.

XXV

DERNIERS DÉTAILS

On était au 22 novembre. Le départ suprême devait avoir lieu dix jours plus tard. Une seule opération restait encore à mener à bonne fin,

---

1. Nébuleuse qui apparaît sous la forme d'une écrevisse.

opération délicate, périlleuse, exigeant des
précautions infinies, et contre le succès de
laquelle le capitaine Nicholl avait engagé
son troisième pari. Il s'agissait, en effet, de
charger la Columbiad et d'y introduire les
quatre cent mille livres de fulmi-coton. Nicholl
avait pensé, non sans raison peut-être, que la
manipulation d'une aussi formidable quantité
de pyroxyle entraînerait de graves catastrophes,
et qu'en tout cas cette masse éminemment
explosive s'enflammerait d'elle-même sous la
pression du projectile.

Il y avait là de graves dangers encore
accrus par l'insouciance et la légèreté des
Américains, qui ne se gênaient pas, pendant
la guerre fédérale, pour charger leurs bombes
le cigare à la bouche. Mais Barbicane avait
à cœur de réussir et de ne pas échouer au
port; il choisit donc ses meilleurs ouvriers,
il les fit opérer sous ses yeux, il ne les quitta
pas un moment du regard, et, à force de
prudence et de précautions, il sut mettre de
son côté toutes les chances de succès.

Et d'abord il se garda bien d'amener tout
son chargement à l'enceinte de Stone's-Hill.
Il le fit venir peu à peu dans des caissons

parfaitement clos. Les quatre cent mille livres
de pyroxyle avaient été divisées en paquets
de cinq cents livres, ce qui faisait huit cents
grosses gargousses confectionnées avec soin
par les plus habiles artificiers de Pensacola.
Chaque caisson pouvait en contenir dix et
arrivait l'un après l'autre par le rail-road
de Tampa-Town; de cette façon il n'y avait
jamais plus de cinq mille livres de pyroxyle
à la fois dans l'enceinte. Aussitôt arrivé,
chaque caisson était déchargé par des ouvriers
marchant pieds nus, et chaque gargousse
transportée à l'orifice de la Columbiad, dans
laquelle on la descendait au moyen de grues
manœuvrées à bras d'hommes. Toute machine
à vapeur avait été écartée, et les moindres
feux éteints à deux milles à la ronde. C'était
déjà trop d'avoir à préserver ces masses de
fulmi-coton contre les ardeurs du soleil, même
en novembre. Aussi travaillait-on de préfé-
rence pendant la nuit, sous l'éclat d'une lumière produite dans le vide et qui, au moyen
des appareils de Ruhmkorff, créait un jour
artificiel jusqu'au fond de la Columbiad.
Là, les gargousses étaient rangées avec une
parfaite régularité et reliées entre elles au

moyen d'un fil métallique destiné à porter simultanément l'étincelle électrique au centre de chacune d'elles.

En effet, c'est au moyen de la pile que le feu devait être communiqué à cette masse de fulmi-coton. Tous ces fils, entourés d'une matière isolante, venaient se réunir en un seul à une étroite lumière percée à la hauteur où devait être maintenu le projectile, là ils traversaient l'épaisse paroi de fonte et remontaient jusqu'au sol par un des évents du revêtement de pierre conservé dans ce but. Une fois arrivé au sommet de Stone's-Hill, le fil, supporté sur des poteaux pendant une longueur de deux milles, rejoignait une puissante pile de Bunzen en passant par un appareil interrupteur. Il suffisait donc de presser du doigt le bouton de l'appareil pour que le courant fût instantanément rétabli et mît le feu aux quatre cent mille livres de fulmi-coton. Il va sans dire que la pile ne devait entrer en activité qu'au dernier moment.

Le 28 novembre, les huit cents gargousses étaient disposées au fond de la Columbiad. Cette partie de l'opération avait réussi. Mais que de tracas, que d'inquiétudes, de luttes,

avait subis le président Barbicane! Vainement
il avait défendu l'entrée de Stone's-Hill;
chaque jour les curieux escaladaient les palissades, et quelques-uns, poussant l'imprudence
jusqu'à la folie, venaient fumer au milieu des
balles de fulmi-coton. Barbicane se mettait
dans des fureurs quotidiennes. J.-T. Maston
le secondait de son mieux, faisant la chasse
aux intrus avec une grande vigueur et ramas-
sant les bouts de cigares encore allumés que
les Yankees jetaient çà et là. Rude tâche,
car plus de trois cent mille personnes se pres-
saient autour des palissades. Michel Ardan
s'était bien offert pour escorter les caissons
jusqu'à la bouche de la Columbiad; mais,
l'ayant surpris lui-même un énorme cigare à
la bouche, tandis qu'il pourchassait les imprudents auxquels il donnait ce funeste exemple,
le président du Gun-Club vit bien qu'il ne
pouvait pas compter sur cet intrépide fumeur,
et il fut réduit à le faire surveiller tout spécialement.

Enfin, comme il y a un Dieu pour les artilleurs, rien ne sauta, et le chargement fut mené
à bonne fin. Le troisième pari du capitaine
Nicholl était donc fort aventuré. Restait à

introduire le projectile dans la Columbiad et
à le placer sur l'épaisse couche de fulmi-coton.

Mais, avant de procéder à cette opération,
les objets nécessaires au voyage furent disposés
avec ordre dans le wagon-projectile. Ils étaient
en assez grand nombre, et si l'on avait laissé
faire Michel Ardan, ils auraient bientôt occupé
toute la place réservée aux voyageurs. On ne
se figure pas ce que cet aimable Français
voulait emporter dans la Lune. Une véritable pacotille d'inutilités. Mais Barbicane intervint, et l'on dut se réduire au strict nécessaire.

Plusieurs thermomètres, baromètres et lunettes furent disposés dans le coffre aux instruments.

Les voyageurs étaient curieux d'examiner
la Lune pendant le trajet, et, pour faciliter
la reconnaissance de ce monde nouveau, ils
emportaient une excellente carte de Beer et
Mœdler, la *Mappa selenographica*, publiée en
quatre planches, qui passe à bon droit pour
un véritable chef-d'œuvre d'observation et de
patience. Elle reproduisait avec une scrupu-
leuse exactitude les moindres détails de cette
portion de l'astre tournée vers la Terre;
montagnes, vallées, cirques, cratères, pitons,

rainures s'y voyaient avec leurs dimensions exactes, leur orientation fidèle, leur dénomination, depuis les monts Doerfel et Leibniz dont le haut sommet se dresse à la partie orientale du disque, jusqu'à la *Mare frigoris*, qui s'étend dans les régions circumpolaires du Nord.

C'était donc un précieux document pour les voyageurs, car ils pouvaient déjà étudier le pays avant d'y mettre le pied.

Ils emportaient aussi trois rifles et trois carabines de chasse à système et à balles explosives; de plus, de la poudre et du plomb en très grande quantité.

« On ne sait pas à qui on aura affaire, disait Michel Ardan. Hommes ou bêtes peuvent trouver mauvais que nous allions leur rendre visite! Il faut donc prendre ses précautions. »

Du reste, les instruments de défense personnelle étaient accompagnés de pics, de pioches, de scies à main et autres outils indispensables, sans parler des vêtements convenables à toutes les températures, depuis le froid des régions polaires jusqu'aux chaleurs de la zone torride.

Michel Ardan aurait voulu emmener dans son expédition un certain nombre d'animaux, non pas un couple de toutes les espèces, car il ne voyait pas la nécessité d'acclimater dans la Lune les serpents, les tigres, les alligators et autres bêtes malfaisantes.

« Non, disait-il à Barbicane, mais quelques bêtes de somme, bœuf ou vache, âne ou cheval, feraient bien dans le paysage et nous seraient d'une grande utilité.

— J'en conviens, mon cher Ardan, répondait le président du Gun-Club, mais notre wagon-projectile n'est pas l'arche de Noé. Il n'en a ni la capacité ni la destination. Ainsi restons dans les limites du possible. »

Enfin, après de longues discussions, il fut convenu que les voyageurs se contenteraient d'emmener une excellente chienne de chasse appartenant à Nicholl et un vigoureux terre-neuve d'une force prodigieuse. Plusieurs caisses des graines les plus utiles furent mises au nombre des objets indispensables. Si l'on eût laissé faire Michel Ardan, il aurait emporté aussi quelques sacs de terre pour les y semer. En tout cas, il prit une douzaine d'arbustes qui furent soigneusement enveloppés d'un étui de paille et placés dans un coin du projectile.

Restait alors l'importante question des vivres,

L'intérieur du projectile. (Page 328.)

car il fallait prévoir le cas où l'on accosterait
une portion de la Lune absolument stérile.
Barbicane fit si bien qu'il parvint à en prendre
pour une année. Mais il faut ajouter, pour
n'étonner personne, que ces vivres consistèrent
en conserves de viandes et de légumes réduits
à leur plus simple volume sous l'action de la
presse hydraulique, et qu'ils renfermaient
une grande quantité d'éléments nutritifs; ils
n'étaient pas très variés, mais il ne fallait pas
se montrer difficile dans une pareille expédition. Il y avait aussi une réserve d'eau-de-
vie pouvant s'élever à cinquante gallons[1]
et de l'eau pour deux mois seulement; en
effet, à la suite des dernières observations
des astronomes, personne ne mettait en doute
la présence d'une certaine quantité d'eau à
la surface de la Lune. Quant aux vivres, il
eût été insensé de croire que des habitants de
la Terre ne trouveraient pas à se nourrir
là-haut. Michel Ardan ne conservait aucun
doute à cet égard. S'il en avait eu, il ne se
serait pas décidé à partir.

« D'ailleurs, dit-il un jour à ses amis, nous

---

1. Environ 200 litres.

ne serons pas complètement abandonnés de nos camarades de la Terre, et ils auront soin de ne pas nous oublier.

— Non, certes, répondit J.-T. Maston.

— Comment l'entendez-vous? demanda Nicholl.

— Rien de plus simple, répondit Ardan. Est-ce que la Columbiad ne sera pas toujours là? Eh bien! toutes les fois que la Lune se présentera dans des conditions favorables de zénith, sinon de périgée, c'est-à-dire une fois par an à peu près, ne pourra-t-on pas nous envoyer des obus chargés de vivres, que nous attendrons à jour fixe?

— Hurrah! hurrah! s'écria J.-T. Maston en homme qui avait son idée; voilà qui est bien dit! Certainement, mes braves amis, nous ne vous oublierons pas!

— J'y compte! Ainsi, vous le voyez, nous aurons régulièrement des nouvelles du globe, et, pour notre compte, nous serons bien maladroits si nous ne trouvons pas moyen de communiquer avec nos bons amis de la Terre! »

Ces paroles respiraient une telle confiance, que Michel Ardan, avec son air déterminé, son aplomb superbe, eût entraîné tout le

Gun-Club à sa suite. Ce qu'il disait paraissait simple, élémentaire, facile, d'un succès assuré, et il aurait fallu véritablement tenir d'une façon mesquine à ce misérable globe terraqué pour ne pas suivre les trois voyageurs dans leur expédition lunaire.

Lorsque les divers objets eurent été disposés dans le projectile, l'eau destinée à faire ressort fut introduite entre ses cloisons, et le gaz d'éclairage refoulé dans son récipient. Quant au chlorate de potasse et à la potasse caustique, Barbicane, craignant des retards imprévus en route, en emporta une quantité suffisante pour renouveler l'oxygène et absorber l'acide carbonique pendant deux mois. Un appareil extrêmement ingénieux et fonctionnant automatiquement se chargeait de rendre à l'air ses qualités vivifiantes et de le purifier d'une façon complète. Le projectile était donc prêt, et il n'y avait plus qu'à le descendre dans la Columbiad. Opération, d'ailleurs, pleine de difficultés et de périls.

L'énorme obus fut amené au sommet de Stone's-Hill. Là, des grues puissantes le saisirent et le tinrent suspendu au-dessus du puits de métal.

Ce fut un moment palpitant. Que les chaînes vinssent à casser sous ce poids énorme, et la chute d'une pareille masse eût certainement déterminé l'inflammation du fulmicoton.

Heureusement il n'en fut rien, et quelques heures après, le wagon-projectile, descendu doucement dans l'âme du canon, reposait sur sa couche de pyroxyle, un véritable édredon fulminant. Sa pression n'eut d'autre effet que de bourrer plus fortement la charge de la Columbiad.

« J'ai perdu », dit le capitaine en remettant au président Barbicane une somme de trois mille dollars.

Barbicane ne voulait pas recevoir cet argent de la part d'un compagnon de voyage; mais il dut céder devant l'obstination de Nicholl, que tenait à remplir tous ses engagements avant de quitter la Terre.

« Alors, dit Michel Ardan, je n'ai plus qu'une chose à vous souhaiter, mon brave capitaine.

— Laquelle? demanda Nicholl.

— C'est que vous perdiez vos deux autres paris! De cette façon, nous serons sûrs de ne pas rester en route. »

XXVI

LE premier jour de décembre était arrivé, jour fatal, car si le départ du projectile ne s'effectuait pas le soir même, à dix heures quarante-six minutes et quarante secondes du soir, plus de dix-huit ans s'écouleraient avant que la Lune se représentât dans ces mêmes conditions simultanées de zénith et de périgée.

Le temps était magnifique; malgré les approches de l'hiver, le soleil resplendissait et baignait de sa radieuse effluve cette Terre que trois de ses habitants allaient abandonner pour un nouveau monde.

Que de gens dormirent mal pendant la nuit qui précéda ce jour si impatiemment désiré! Que de poitrines furent oppressées par le pesant fardeau de l'attente! Tous les cœurs palpitèrent d'inquiétude, sauf le cœur

de Michel Ardan. Cet impassible personnage
allait et venait avec son affairement habituel,
mais rien ne dénonçait en lui une préoccupation inaccoutumée. Son sommeil avait été
paisible, le sommeil de Turenne, avant la
bataille, sur l'affût d'un canon.

Depuis le matin une foule innombrable
couvrait les prairies qui s'étendent à perte
de vue autour de Stone's-Hill. Tous les quarts
d'heure, le rail-road de Tampa amenait de
nouveaux curieux; cette immigration prit
bientôt des proportions fabuleuses, et, suivant
les relevés du *Tampa-Town Observer*, pendant
cette mémorable journée, cinq millions de
spectateurs foulèrent du pied le sol de la
Floride.

Depuis un mois la plus grande partie de
cette foule bivouaquait autour de l'enceinte,
et jetait les fondements d'une ville qui s'est
appelée depuis Ardan's-Town. Des baraquements, des cabanes, des cahutes, des tentes
hérissaient la plaine, et ces habitations éphé-
mères abritaient une population assez nom-
breuse pour faire envie aux plus grandes
cités de l'Europe.

Tous les peuples de la terre y avaient des

représentants; tous les dialectes du monde s'y parlaient à la fois. On eût dit la confusion des langues, comme aux temps bibliques de la tour de Babel. Là, les diverses classes de la société américaine se confondaient dans une égalité absolue. Banquiers, cultivateurs, marins, commissionnaires, courtiers, planteurs de coton, négociants, bateliers, magistrats, s'y coudoyaient avec un sans-gêne primitif. Les créoles de la Louisiane fraternisaient avec les fermiers de l'Indiana; les gentlemen du Kentucky et du Tennessee, les Virginiens élégants et hautains donnaient la réplique aux trappeurs à demi sauvages des Lacs et aux marchands de bœufs de Cincinnati. Coiffés du chapeau de castor blanc à larges bords ou du panama classique, vêtus de pantalons en cotonnade bleue des fabriques d'Opelousas, drapés dans leurs blouses élégantes de toile écrue, chaussés de bottines aux couleurs éclatantes, ils exhibaient d'extravagants jabots de batiste et faisaient étinceler à leur chemise, à leurs manchettes, à leurs cravates, à leurs dix doigts, voire même à leurs oreilles, tout un assortiment de bagues, d'épingles, de brillants, de chaînes, de boucles, de breloques,

Depuis le matin, une foule innombrable... (Page 337.)

dont le haut prix égalait le mauvais goût.
Femmes, enfants, serviteurs, dans des toilettes
non moins opulentes, accompagnaient, sui-
vaient, précédaient, entouraient ces maris,
ces pères, ces maîtres, qui ressemblaient à des
chefs de tribu au milieu de leurs familles
innombrables.

A l'heure des repas, il fallait voir tout ce
monde se précipiter sur les mets particuliers
aux États du Sud et dévorer, avec un appétit
menaçant pour l'approvisionnement de la
Floride, ces aliments qui répugneraient à un
estomac européen, tels que grenouilles fri-
cassées, singes à l'étouffée, « fish-chowder[1] »,
sarigue rôtie, opossum saignant, ou grillades
de racoon.

Mais aussi quelle série variée de liqueurs
ou de boissons venait en aide à cette alimen-
tation indigeste! Quels cris excitants, quelles
vociférations engageantes retentissaient dans
les bar-rooms ou les tavernes ornées de verres,
de chopes, de flacons, de carafes, de bouteilles
aux formes invraisemblables, de mortiers pour
piler le sucre et de paquets de paille!

---

1. Mets composé de poissons divers.

« Voilà le julep à la menthe! criait l'un de ces débitants d'une voix retentissante.

— Voici le sangaree au vin de Bordeaux! répliquait un autre d'un ton glapissant.

— Et du gin-sling! répétait celui-ci.

— Et le cocktail! le brandy-smash! criait celui-là.

— Qui veut goûter le véritable mint-julep, à la dernière mode? » s'écriaient ces adroits marchands en faisant passer rapidement d'un verre à l'autre, comme un escamoteur fait d'une muscade, le sucre, le citron, la menthe verte, la glace pilée, l'eau, le cognac et l'ananas frais qui composent cette boisson rafraîchissante.

Aussi, d'habitude, ces incitations adressées aux gosiers altérés sous l'action brûlante des épices se répétaient, se croisaient dans l'air et produisaient un assourdissant tapage. Mais ce jour-là, ce premier décembre, ces cris étaient rares. Les débitants se fussent vainement enroués à provoquer les chalands. Personne ne songeait ni à manger ni à boire, et, à quatre heures du soir, combien de spectateurs circulaient dans la foule qui n'avaient pas encore pris leur lunch accoutumé! Symptôme

plus significatif encore, la passion violente
de l'Américain pour les jeux était vaincue
par l'émotion. A voir les quilles du tempins
couchées sur le flanc, les dés du creps dormant
dans leurs cornets, la roulette immobile, le
cribbage abandonné, les cartes du whist, du
vingt-et-un, du rouge et noir, du monte et du
faro, tranquillement enfermées dans leurs
enveloppes intactes, on comprenait que l'événement du jour absorbait tout autre besoin
et ne laissait place à aucune distraction.

Jusqu'au soir, une agitation sourde, sans
clameur, comme celle qui précède les grandes
catastrophes, courut parmi cette foule anxieuse.
Un indescriptible malaise régnait dans les
esprits, une torpeur pénible, un sentiment
indéfinissable qui serrait le cœur. Chacun
aurait voulu « que ce fût fini ».

Cependant, vers sept heures, ce lourd
silence se dissipa brusquement. La Lune se
levait sur l'horizon. Plusieurs millions de
hurrahs saluèrent son apparition. Elle était
exacte au rendez-vous. Les clameurs mon-
tèrent jusqu'au ciel; les applaudissements
éclatèrent de toutes parts, tandis que la blonde
Phœbé brillait paisiblement dans un ciel

admirable et caressait cette foule enivrée de ses rayons les plus affectueux.

En ce moment parurent les trois intrépides voyageurs. A leur aspect les cris redoublèrent d'intensité. Unanimement, instantanément, le chant national des États-Unis s'échappa de toutes les poitrines haletantes, et le *Yankee doodle*, repris en chœur par cinq millions d'exécutants, s'éleva comme une tempête sonore jusqu'aux dernières limites de l'atmosphère.

Puis, après cet irrésistible élan, l'hymne se tut, les dernières harmonies s'éteignirent peu à peu, les bruits se dissipèrent, et une rumeur silencieuse flotta au-dessus de cette foule si profondément impressionnée. Cependant, le Français et les deux Américains avaient franchi l'enceinte réservée autour de laquelle se pressait l'immense foule. Ils étaient accompagnés des membres du Gun-Club et des députations envoyées par les observatoires européens. Barbicane, froid et calme, donnait tranquillement ses derniers ordres. Nicholl, les lèvres serrées, les mains croisées derrière le dos, marchait d'un pas ferme et mesuré. Michel Ardan, toujours dégagé, vêtu en parfait voyageur, les guêtres de cuir aux pieds, la gibecière au côté, flottant dans ses vastes vêtements de velours marron, le cigare à la bouche, distribuait sur son passage de chaleureuses poignées de main avec une prodigalité princière. Il était intarissable de verve, de gaieté, riant, plaisantant, faisant au digne J.-T. Maston des farces de gamin, en un mot « Français », et, qui pis est, « Parisien » jusqu'à la dernière seconde.

Dix heures sonnèrent. Le moment était venu de prendre place dans le projectile; la manœuvre nécessaire pour y descendre, la plaque de fermeture à visser, le dégagement des grues et des échafaudages penchés sur la gueule de la Columbiad exigeaient un certain temps.

Barbicane avait réglé son chronomètre à un dixième de seconde près sur celui de l'ingénieur Murchison, chargé de mettre le feu aux poudres au moyen de l'étincelle électrique; les voyageurs enfermés dans le projectile pourraient ainsi suivre de l'œil l'impassible aiguille qui marquerait l'instant précis de leur départ.

Le moment des adieux était donc arrivé. La scène fut touchante; en dépit de sa gaieté

fébrile, Michel Ardan se sentit ému. J.-T. Maston avait retrouvé sous ses paupières sèches
une vieille larme qu'il réservait sans doute
pour cette occasion. Il la versa sur le front
de son cher et brave président.

« Si je partais ? dit-il, il est encore temps !

— Impossible, mon vieux Maston », répondit Barbicane.

Quelques instants plus tard, les trois compagnons de route étaient installés dans le
projectile, dont ils avaient vissé intérieurement
la plaque d'ouverture, et la bouche de la
Columbiad, entièrement dégagée, s'ouvrait
librement vers le ciel.

Nicholl, Barbicane et Michel Ardan étaient
définitivement murés dans leur wagon de
métal.

Qui pourrait peindre l'émotion universelle,
arrivée alors à son paroxysme ?

La lune s'avançait sur un firmament d'une
pureté limpide, éteignant sur son passage les
feux scintillants des étoiles ; elle parcourait
alors la constellation des Gémeaux et se trouvait presque à mi-chemin de l'horizon et du
zénith. Chacun devait donc facilement comprendre que l'on visait en avant du but,

comme le chasseur vise en avant du · lièvre qu'il veut atteindre.

Un silence effrayant planait sur toute cette scène. Pas un souffle de vent sur la terre! Pas un souffle dans les poitrines! Les cœurs n'osaient plus battre. Tous les regards effarés fixaient la gueule béante de la Columbiad.

Murchison suivait de l'œil l'aiguille de son chronomètre. Il s'en fallait à peine de quarante secondes que l'instant du départ ne sonnât, et chacune d'elles durait un siècle.

A la vingtième, il y eut un frémissement universel, et il vint à la pensée de cette foule que les audacieux voyageurs enfermés dans le projectile comptaient aussi ces terribles secondes! Des cris isolés s'échappèrent :

« Trente-cinq! — trente-six! — trente-sept! — trente-huit! — trente-neuf! — quarante! Feu!!! »

Aussitôt Murchison, pressant du doigt l'interrupteur de l'appareil, rétablit le courant et lança l'étincelle électrique au fond de la Columbiad.

Une détonation épouvantable, inouïe, surhumaine, dont rien ne saurait donner une idée, ni les éclats de la foudre, ni le fracas

Feu!! (Page 346.)

des éruptions, se produisit instantanément.
Une immense gerbe de feu jaillit des entrailles
du sol comme d'un cratère. La terre se souleva,
et c'est à peine si quelques personnes purent
un instant entrevoir le projectile fendant
victorieusement l'air au milieu des vapeurs
flamboyantes.

XXVII

TEMPS COUVERT

Au moment où la gerbe incandescente s'éleva
vers le ciel à une prodigieuse hauteur, cet
épanouissement de flammes éclaira la Floride
entière, et, pendant un instant incalculable,
le jour se substitua à la nuit sur une étendue
considérable de pays. Cet immense panache
de feu fut aperçu de cent milles en mer du
golfe comme de l'Atlantique, et plus d'un
capitaine de navire nota sur son livre de bord
l'apparition de ce météore gigantesque.

La détonation de la Columbiad fut accompagnée d'un véritable tremblement de terre. La Floride se sentit secouer jusque dans ses entrailles. Les gaz de la poudre, dilatés par la chaleur, repoussèrent avec une incomparable violence les couches atmosphériques, et cet ouragan artificiel, cent fois plus rapide que l'ouragan des tempêtes, passa comme une trombe au milieu des airs.

Pas un spectateur n'était resté debout; hommes, femmes, enfants, tous furent couchés comme des épis sous l'orage; il y eut un tumulte inexprimable, un grand nombre de personnes gravement blessées, et J.-T. Maston, qui, contre toute prudence, se tenait trop en avant, se vit rejeté à vingt toises en arrière et passa comme un boulet au-dessus de la tête de ses concitoyens. Trois cent mille personnes demeurèrent momentanément sourdes et comme frappées de stupeur.

Le courant atmosphérique, après avoir renversé les baraquements, culbuté les cabanes, déraciné les arbres dans un rayon de vingt milles, chassé les trains du railway jusqu'à Tampa, fondit sur cette ville comme une avalanche, et détruisit une centaine de maisons, entre autres l'église Saint-Mary, et le nouvel

Effet de la détonation. (Page 351.)

édifice de la Bourse, qui se lézarda dans toute sa longueur. Quelques-uns des bâtiments du port, choqués les uns contre les autres, coulèrent à pic, et une dizaine de navires, mouillés en rade, vinrent à la côte, après avoir cassé leurs chaînes comme des fils de coton.

Mais le cercle de ces dévastations s'étendit plus loin encore, et au-delà des limites des États-Unis. L'effet du contrecoup, aidé des vents d'ouest, fut ressenti sur l'Atlantique à plus de trois cents milles des rivages américains. Une tempête factice, une tempête inattendue, que n'avait pu prévoir l'amiral Fitz-Roy, se jeta sur les navires avec une violence inouïe ; plusieurs bâtiments, saisis dans ces tourbillons épouvantables sans avoir le temps d'amener, sombrèrent sous voiles, entre autres le *Childe-Harold*, de Liverpool, regrettable catastrophe qui devint de la part de l'Angleterre l'objet des plus vives récriminations.

Enfin, et pour tout dire, bien que le fait n'ait d'autre garantie que l'affirmation de quelques indigènes, une demi-heure après le départ du projectile, des habitants de Gorée et de Sierra Leone prétendirent avoir entendu une commotion sourde, dernier déplacement des ondes sonores, qui, après avoir traversé l'Atlantique, venait mourir sur la côte africaine.

Mais il faut revenir à la Floride. Le premier instant du tumulte passé, les blessés, les sourds, enfin la foule entière se réveilla, et des cris frénétiques : « Hurrah pour Ardan! Hurrah pour Barbicane! Hurrah pour Nicholl! » s'élevèrent jusqu'aux cieux. Plusieurs millions d'hommes, le nez en l'air, armés de télescopes, de lunettes, de lorgnettes, interrogeaient l'espace, oubliant les contusions et les émotions, pour ne se préoccuper que du projectile. Mais ils le cherchaient en vain. On ne pouvait plus l'apercevoir, et il fallait se résoudre à attendre les télégrammes de Long's-Peak. Le directeur de l'Observatoire de Cambridge[1] se trouvait à son poste dans les montagnes Rocheuses, et c'était à lui, astronome habile et persévérant, que les observations avaient été confiées.

Mais un phénomène imprévu, quoique facile à prévoir, et contre lequel on ne pouvait rien, vint bientôt mettre l'impatience publique à une rude épreuve.

Le temps, si beau jusqu'alors, changea

_____
1. M. Belfast.

Le directeur était à son poste. (Page 352.)

subitement; le ciel assombri se couvrit de nuages. Pouvait-il en être autrement, après le terrible déplacement des couches atmosphériques, et cette dispersion de l'énorme quantité de vapeurs qui provenaient de la déflagration de quatre cent mille livres de pyroxyle? Tout l'ordre naturel avait été troublé. Cela ne saurait étonner, puisque, dans les combats sur mer, on a souvent vu l'état atmosphérique brutalement modifié par les décharges de l'artillerie.

Le lendemain, le soleil se leva sur un horizon chargé de nuages épais, lourd et impénétrable rideau jeté entre le ciel et la terre, et qui, malheureusement, s'étendit jusqu'aux régions des montagnes Rocheuses. Ce fut une fatalité. Un concert de réclamations s'éleva de toutes les parties du globe. Mais la nature s'en émut peu, et décidément, puisque les hommes avaient troublé l'atmosphère par leur détonation, ils devaient en subir les conséquences.

Pendant cette première journée, chacun chercha à pénétrer le voile opaque des nuages, mais chacun en fut pour ses peines, et chacun d'ailleurs se trompait en portant ses regards vers le ciel, car, par suite du mouvement diurne du globe, le projectile filait nécessairement alors par la ligne des antipodes.

Quoi qu'il en soit, lorsque la nuit vint envelopper la Terre, nuit impénétrable et profonde, quand la Lune fut remontée sur l'horizon, il fut impossible de l'apercevoir; on eût dit qu'elle se dérobait à dessein aux regards des téméraires qui avaient tiré sur elle. Il n'y eut donc pas d'observation possible, et les dépêches de Long's-Peak confirmèrent ce fâcheux contre-temps.

Cependant, si l'expérience avait réussi, les voyageurs, partis le 1er décembre à dix heures quarante-six minutes et quarante secondes du soir, devaient arriver le 4 à minuit. Donc, jusqu'à cette époque, et comme après tout il eût été bien difficile d'observer dans ces conditions un corps aussi petit que l'obus, on prit patience sans trop crier.

Le 4 décembre, de huit heures du soir à minuit, il eût été possible de suivre la trace du projectile, qui aurait apparu comme un point noir sur le disque éclatant de la Lune. Mais le temps demeura impitoyablement couvert, ce qui porta au paroxysme l'exaspération

publique. On en vint à injurier la Lune qui
ne se montrait point. Triste retour des choses
d'ici-bas!

J.-T. Maston, désespéré, partit pour Long's-
Peak. Il voulait observer lui-même. Il ne
mettait pas en doute que ses amis ne fussent
arrivés au terme de leur voyage. On n'avait
pas, d'ailleurs, entendu dire que le projectile
fût retombé sur un point quelconque des îles
et des continents terrestres, et J.-T. Maston
n'admettait pas un instant une chute possible
dans les océans dont le globe est aux trois
quarts couvert.

Le 5, même temps. Les grands télescopes
du Vieux Monde, ceux d'Herschell, de Rosse,
de Foucault, étaient invariablement braqués
sur l'astre des nuits, car le temps était précisément magnifique en Europe; mais la faiblesse relative de ces instruments empêchait
toute observation utile.

Le 6, même temps. L'impatience rongeait
les trois quarts du globe. On en vint à proposer les moyens les plus insensés pour dissiper
les nuages accumulés dans l'air.

Le 7, le ciel sembla se modifier un peu.
On espéra, mais l'espoir ne fut pas de longue

durée, et le soir, les nuages épaissis défendirent la voûte étoilée contre tous les regards.

Alors cela devint grave. En effet, le 11, à neuf heures onze minutes du matin, la Lune devait entrer dans son dernier quartier. Après ce délai, elle irait en déclinant, et, quand même le ciel serait rasséréné, les chances de l'observation seraient singulièrement amoindries; en effet, la Lune ne montrerait plus alors qu'une portion toujours décroissante de son disque et finirait par devenir nouvelle, c'est-à-dire qu'elle se coucherait et se lèverait avec le soleil, dont les rayons la rendraient absolument invisible. Il faudrait donc attendre jusqu'au 3 janvier, à midi quarante-quatre minutes, pour la retrouver pleine et commencer les observations.

Les journaux publiaient ces réflexions avec mille commentaires et ne dissimulaient point au public qu'il devait s'armer d'une patience angélique.

Le 8, rien. Le 9, le soleil reparut un instant comme pour narguer les Américains. Il fut couvert de huées, et, blessé sans doute d'un pareil accueil, il se montra fort avare de ses rayons.

Le 10, pas de changement. J.-T. Maston

faillit devenir fou, et l'on eut des craintes pour le cerveau de ce digne homme, si bien conservé jusqu'alors sous son crâne de gutta-percha.

Mais le 11, une de ces épouvantables tempêtes des régions intertropicales se déchaîna dans l'atmosphère. De grands vents d'est balayèrent les nuages amoncelés depuis si longtemps, et le soir, le disque à demi rongé de l'astre des nuits passa majestueusement au milieu des limpides constellations du ciel.

XXVIII

UN NOUVEL ASTRE

CETTE nuit même, la palpitante nouvelle si impatiemment attendue éclata comme un coup de foudre dans les États de l'Union, et, de là, s'élançant à travers l'Océan, elle courut sur tous les fils télégraphiques du globe. Le projectile avait été aperçu, grâce au giganresque réflecteur de Long's-Peak.

Voici la note rédigée par le directeur de l'Observatoire de Cambridge. Elle renferme la conclusion scientifique de cette grande expérience du Gun-Club.

Longs's-Peak, 12 décembre.

A MM. LES MEMBRES DU BUREAU DE L'OBSER-VATOIRE DE CAMBRIDGE.

Le projectile lancé par la Columbiad de Stone's-Hill a été aperçu par MM. Belfast et J.-T. Maston, le 12 décembre, à huit heures quarante-sept minutes du soir, la Lune étant entrée dans son dernier quartier.

Ce projectile n'est point arrivé à son but. Il a passé à côté, mais assez près, cependant, pour être retenu par l'attraction lunaire.

Là, son mouvement rectiligne s'est changé en un mouvement circulaire d'une rapidité vertigineuse, et il a été entraîné suivant une orbite elliptique autour de la Lune, dont il est devenu le véritable satellite.

Les éléments de ce nouvel astre n'ont pas encore pu être déterminés. On ne connaît ni sa vitesse de translation, ni sa vitesse de rotation. La distance qui le sépare de la surface de la Lune peut être évaluée à deux mille huit cent trente-trois milles environ (— 4 500 lieues).

Maintenant, deux hypothèses peuvent se produire

et amener une modification dans l'état des choses :

Ou l'attraction de la Lune finira par l'emporter, et les voyageurs atteindront le but de leur voyage;

Ou, maintenu dans un ordre immutable, le projectile gravitera autour du disque lunaire jusqu'à la fin des siècles.

C'est ce que les observations apprendront un jour, mais jusqu'ici la tentative du Gun-Club n'a eu d'autre résultat que de doter d'un nouvel astre notre système solaire.

J.-M. Belfast.

Que de questions soulevait ce dénouement inattendu! Quelle situation grosse de mystères l'avenir réservait aux investigations de la science! Grâce au courage et au dévouement de trois hommes, cette entreprise, assez futile en apparence, d'envoyer un boulet à la Lune, venait d'avoir un résultat immense, et dont les conséquences sont incalculables. Les voyageurs, emprisonnés dans un nouveau satellite, s'ils n'avaient pas atteint leur but, faisaient du moins partie du monde lunaire; ils gravitaient autour de l'astre des nuits, et, pour le première fois, l'œil pouvait en pénétrer tous les mystères. Les noms de Nicholl, de Barbicane, de Michel

Ardan, devront donc être à jamais célèbres dans les fastes astronomiques, car ces hardis explorateurs, avides d'agrandir le cercle des connaissances humaines, se sont audacieusement lancés à travers l'espace, et ont joué leur vie dans la plus étrange tentative des temps modernes.

Quoi qu'il en soit, la note de Long's-Peak une fois connue, il y eut dans l'univers entier un sentiment de surprise et d'effroi. Était-il possible de venir en aide à ces hardis habitants de la Terre? Non, sans doute, car ils s'étaient mis en dehors de l'humanité en franchissant les limites imposées par Dieu aux créatures terrestres. Ils pouvaient se procurer de l'air pendant deux mois. Ils avaient des vivres pour un an. Mais après?... Les cœurs les plus insensibles palpitaient à cette terrible question.

Un seul homme ne voulait pas admettre que la situation fût désespérée. Un seul avait confiance, et c'était leur ami dévoué, audacieux et résolu comme eux, le brave J.-T. Maston.

D'ailleurs, il ne les perdait pas des yeux. Son domicile fut désormais le poste de Long's-Peak; son horizon, le miroir de l'immense réflecteur. Dès que la lune se levait à l'horizon, il l'encadrait dans le champ du télescope, il ne la perdait pas un instant du regard et la suivait assidûment dans sa marche à travers les espaces stellaires; il observait avec une éternelle patience le passage du projectile sur son disque d'argent, et véritablement le digne homme restait en perpétuelle communication avec ses trois amis, qu'il ne désespérait pas de revoir un jour.

« Nous correspondrons avec eux, disait-il à qui voulait l'entendre, dès que les circonstances le permettront. Nous aurons de leurs nouvelles et ils auront des nôtres! D'ailleurs, je les connais, ce sont des hommes ingénieux. A eux trois ils emportent dans l'espace toutes les ressources de l'art, de la science et de l'industrie. Avec cela on fait ce qu'on veut, et vous verrez qu'ils se tireront d'affaire! »

TABLE

JULES VERNE

1828-1905

I

Jules Verne a écrit quatre-vingts romans (ou longues nouvelles), publié plusieurs grands ouvrages de vulgarisation comme *Géographie illustrée de la France et de ses colonies* (1868), *Histoire des grands voyages et des grands voyageurs* (1878), *Christophe Colomb* (1883), et fait représenter, seul ou en collaboration, une quinzaine de pièces de théâtre. Sa célébrité est centenaire puisqu'elle date des années 1863-1865 qui furent celles de la publication de : *Cinq semaines en ballon, Voyage au centre de la terre, De la Terre à la Lune,* ses trois premiers grands romans. Dans un siècle qui compte des génies comme Balzac, Dickens, Dumas père, Tolstoï, Dostoïevski, Tourguenief, Flaubert, Stendhal, George Eliot, Zola — pour ne citer que dix noms parmi ceux des grands maîtres de ce siècle du roman — il apparaît un peu en marge, comme un prodigieux artisan en matière de fictions, comme un enchanteur aux charmes inépuisables et, dans une certaine mesure, comme un voyant, capable d'imaginer, un demi-siècle (ou un siècle) avant leur naissance, quelques-unes des plus étonnantes conquêtes de la science.

On a tout dit sur ce sujet et il est même arrivé qu'on mette du mystère là où il n'y en avait pas, qu'on auréole l'écrivain de pouvoirs surnaturels, qu'on en fasse un magicien. Il est plus véridique de le voir comme un homme de son temps, sensible à la richesse de découvertes scientifiques dont il s'informe avec un soin constant et scrupuleux ; comme un travailleur infatigable, attelé quotidiennement pendant près d'un demi-siècle à *faire passer* dans le roman, en les prolongeant par une extrapolation foisonnante, les conquêtes et les découvertes des savants de son époque. Son extrapolation rejoint certes l'avenir, mais elle ne prévoit pas tous les cheminements de la science. Jules Verne est un poète du XIXe siècle, non pas un ingénieur du XXe. La radio, les rayons X, le cinéma, l'automobile, qu'il a vus naître, ne jouent pas dans son œuvre un rôle important. Et on peut remarquer, par exemple, que le moteur même du *Nautilus*, et le canon qui envoie des astronautes vers la lune, sont des machines de théâtre. Mais un de ses plus beaux romans, *Les Cinq cents Millions de la Bégum*, évoque le premier satellite artificiel, et le *Nautilus* précède de dix ans les sous-marins de l'ingénieur Laubeuf...

Jules Verne ne fournit pas les moyens techniques qui permettraient la réalisation des engins modernes : il évoque l'existence et les pouvoirs de ceux-ci. Il n'est pas un surhomme — mais Edison luimême, « vrai » savant, n'a pas prévu l'avenir de ses propres découvertes... Les bouleversements que peut apporter la science pure échappent à la prévision, et nos auteurs de science-fiction, en 1965, ne sont sans doute pas plus proches de l'an 2100 que Jules Verne n'était proche, en 1875 ou 1880, du monde d'aujourd'hui travaillé par la science nucléaire...

Il était quelqu'un d'autre : un créateur qui ne fait pas concurrence à la science mais en incarne la poésie puissante, parfois terrible, dans des mythes fascinants ; un créateur qui, aux écoutes d'un monde que les chemins de fer et les paquebots transforment, pressent des aventures où l'homme et la machine vont devenir un couple au destin fabuleux. Il est sur le seuil d'un monde.

D'un monde, non pas de l'univers dans sa totalité. Il n'est pas métaphysicien : ses astronautes n'emportent pas l'âme de Pascal dans leur voyage à travers le champ stellaire ; ni sociologue : c'est déraison que de chercher dans *Michel Strogoff* une analyse « cachée » des forces révolutionnaires russes au XIXᵉ siècle. Mais, conteur, romancier-dramaturge, créateur de fictions, il relaie et développe, avec une verve et une santé inépuisables, un génie qu'eut aussi le grand Dumas père. Celui-ci nourrissait son œuvre en la conduisant dans le passé, Jules Verne vibre et crée à l'intersection du présent et de l'avenir.

II

Il naquit à Nantes le 8 février 1828. Son père, Pierre Verne, fils d'un magistrat de Provins, s'était rendu acquéreur en 1825 d'une étude d'avoué et avait épousé en 1827 Sophie Allotte de la Fuÿe, d'une famille nantaise aisée qui comptait des navigateurs et des armateurs. Jules Verne eut un frère : Paul (1829-1897) et trois sœurs : Anna, Mathilde et Marie. A six ans, il prend ses premières leçons de la veuve d'un capitaine au long cours et à huit entre avec son frère au petit séminaire de Saint-Donatien. En 1839, ayant acheté l'engagement d'un mousse, il s'embarque sur un long-courrier en partance pour les Indes. Rattrapé à Paimbœuf par son père il avoue être parti pour rapporter à sa cousine Caroline Tronson un collier de corail. Mais, rudement tancé,

il promet : « Je ne voyagerai plus qu'en rêve. »

A la rentrée scolaire de 1844, il est inscrit au lycée de Nantes où il fera sa rhétorique et sa philosophie. Ses baccalauréats passés, et comme son père lui destine sa succession, il commence son droit. Sans cesser d'aimer Caroline, et tout en écrivant ses premières œuvres : des sonnets et une tragédie en vers ; un théâtre... de marionnettes refuse la tragédie, que le cercle de famille n'applaudit pas, et dont on ignore tout, même le titre.

Caroline se marie en 1847, au grand désespoir de Jules Verne. Il passe son premier examen de droit à Paris où il ne demeure que le temps nécessaire. L'année suivante, il compose une autre œuvre dramatique, assez libre celle-là, qu'on lit en petit comité au

Cercle de la Cagnotte, à Nantes. Le théâtre l'attire et le théâtre c'est Paris. Il obtient de son père l'autorisation d'aller terminer ses études de droit dans la capitale où il débarque, pour la seconde fois, le 12 novembre 1848. Il n'a pas oublié les dédains de Caroline et écrit à un de ses amis, le musicien Aristide Hignard (qui sera son collaborateur au théâtre) : « ... je pars puisqu'on n'a pas voulu de moi, mais les uns et les autres verront de quel bois était fait ce pauvre jeune homme qu'on appelle Jules Verne. »

A Paris il s'installe, avec un autre jeune Nantais en cours d'études, Édouard Bonamy, dans une maison meublée, rue de l'Ancienne-Comédie. Avide de tout savoir, mais bridé par une pension calculée au plus près du strict nécessaire, il joue au naturel, avec Bonamy, *L'Habit vert* de Musset et Augier : ne possédant à eux deux qu'une tenue de soirée complète, les deux étudiants vont dans le monde alternativement. Avide de tout lire, Jules Verne jeûnera trois jours pour s'acheter le théâtre de Shakespeare...

Il écrit, et naturellement pour le théâtre. Avec d'autant plus de confiance qu'il a fait la connaissance de Dumas père et assisté, au Théâtre-Historique [1] dans la loge même de l'écrivain, à l'une des premières représentations de *La Jeunesse des Mousquetaires* (21 février 1849).

En 1849 il mène de front trois sujets, dont deux semblent venir de Dumas lui-même : *La Conspiration des Poudres*, *Drame sous la Régence*, et une comédie en vers en un acte : *Les Pailles rompues*. C'est le troisième sujet qui plaît à Dumas : la pièce voit les feux de la rampe au Théâtre-Historique le 12 juin 1850. On la jouera douze fois — et elle sera présentée le 7 novembre au théâtre Graslin à Nantes. Succès d'estime que suit la composition de deux pièces : *Les Savants* et *Qui me rit* qui ne seront pas représentées. Mais le droit n'est pas oublié et Jules Verne passe sa thèse

1. Fondé par Dumas, inauguré le 20 février 1847, le Théâtre-Historique avait été construit sur le boulevard du Temple, à un emplacement qu'on peut aujourd'hui situer approximativement, place de la République, entre les Magasins Réunis et le terre-plein qui leur fait face. Déclaré en faillite le 20 décembre 1850, il sera exploité sous le nom de Théâtre-Lyrique et détruit en 1863, un an après les autres théâtres du boulevard du Crime, en application des plans du préfet Haussmann.

(1850). Selon le vœu de son père il devrait alors s'inscrire au barreau de Nantes ou prendre sa charge d'avoué. Fermement, l'écrivain refuse : la seule carrière qui lui convienne est celle des lettres.

Il ne quitte pas Paris et, pour boucler son budget, doit donner des leçons. Sans cesser d'écrire : en 1852 il publie dans *Le Musée des Familles : Les premiers navires de la marine mexicaine* et *Un Voyage en ballon* qui figurera plus tard dans le volume *Le Docteur Ox* sous le titre *Un drame dans les airs,* deux récits où déjà se devine le futur auteur des *Voyages extraordinaires.* La même année il devient secrétaire d'Edmond Seveste[1] qui en 1851 a installé, dans les murs du Théâtre-Historique, l'Opéra-National, dénommé en avril 1852 et pour dix ans le Théâtre-Lyrique.

En avril 1852, Jules Verne publie dans *Le Musée des Familles* sa première longue nouvelle : *Martin Paz,* récit historique où la rivalité ethnique des Espagnols, des Indiens et des métis au Pérou se mêle à

une intrigue sentimentale. L'écrivain de vingt-quatre ans possède déjà cette ouverture historico-géographique qui fera de lui un des visionnaires de son époque.

Le 20 avril 1853, sur la scène — qu'il connaît bien maintenant — du Théâtre-Lyrique, Jules Verne voit représenter *Le Colin Maillard,* une opérette en un acte dont il a écrit le livret avec Michel Carré et dont son ami Aristide Hignard a composé la musique. Quarante représentations : c'est presque un succès — et la pièce est imprimée chez Michel-Lévy. L'année suivante, peu après la mort de Jules Seveste, il quitte le Théâtre-Lyrique et

_____

1. Celui-ci mourut en février 1852. Son frère cadet Jules lui succéda, mais mourut en 1854 du choléra apporté par les combattants de Crimée.

se met au travail, dans son petit logement du boulevard Bonne-Nouvelle ; il publie la première version de *Maître Zaccharius* (1854) puis *Un Hivernage dans les glaces* (1855) sans cesser d'écrire pour le théâtre. En 1856 il fait la connaissance de celle qu'il épousera le 10 janvier 1857 : Honorine-Anne-Hébé Morel, née du Fraysne de Viane, veuve de vingt-six ans, mère de deux fillettes. Jules Verne, grâce aux relations de son beau-père et à un apport de Pierre Verne (50 000 francs), entre à la Bourse de Paris comme associé de l'agent de change Eggly. Il s'installe alors boulevard Montmartre puis rue de Sèvres. L'œuvre de sa vie continue de se nourrir d'immenses lectures et aussi de ses premiers grands voyages (Angleterre et Écosse 1859, Norvège et Scandinavie 1861) sans qu'il renonce pour autant à l'expression dramatique : il donne en 1860, aux Bouffes-Parisiens, dirigés par Offenbach, une opérette mise en musique par Hignard, *M. de Chimpanzé*, et en 1861 au Vaudeville, une comédie écrite en collaboration avec Charles Wallut, *Onze jours de siège*. La même année, le 3 août 1861, naît

Michel Verne, qui sera son unique enfant.

1862 : il présente à l'éditeur Hetzel *Cinq semaines en ballon* et signe un contrat qui l'engage pour les vingt années suivantes. Sa vraie carrière va commencer : le roman, qui paraît en décembre 1862, remporte un succès triomphal, en France d'abord puis dans le monde. Jules Verne peut abandonner la Bourse sans inquiétude. Hetzel lui demande en effet une collaboration régulière à un nouveau magazine, le *Magasin d'Éducation et de Récréation*. C'est dans les colonnes de ce journal, et dès le premier numéro (20 mars 1864), que paraîtront *Les Aventures du Capitaine Hatteras*, avant leur publication en volume. La même année verra la sortie en librairie de *Voyage au centre de la Terre* que suivra en 1865 *De la Terre à la Lune* (avec ce sous-titre pour nous savoureux : *Trajet direct en 97 heures 20 minutes*).

C'est le grave *Journal des Débats* qui a publié en feuilleton *De la Terre à la Lune* puis *Autour de la Lune* : le public de Jules Verne, dès l'origine de sa carrière, est double : un public d'adolescents qui fait le succès du *Magasin d'Éducation et de Récréation;* un public d'adultes que le « jeu » scientifique de l'écrivain passionne. Le physicien et astronome Jules Janssen, le mathématicien Joseph Bertrand refont les calculs de Jules Verne — et vérifient, dit-on (il serait sans doute imprudent de ne pas placer ici un point d'interrogation), l'exactitude des courbes, paraboles et hyperboles qui définissent le trajet du boulet-wagon de *De la Terre à la Lune.* Et ceux d'entre les lecteurs du *Journal des Débats* que l'astronomie ne passionne pas sont sensibles à la verve d'un Jules Verne, qui met dans son roman beaucoup de la légèreté aimable d'un vaudevilliste boulevardier... Il n'est pas superflu de noter, à ce moment où s'ouvre pour l'écrivain sa carrière véritable, qu'elle l'éclaire alors d'une lumière de gaieté et de fantaisie proche de celle qui règne et régnera chez ses confrères des théâtres — les Labiche, Meilhac et Halévy, Gondinet et bien d'autres moins connus Jules Verne, qu'on le considère comme un auteur dramatique (homme de théâtre plutôt) ou comme romancier,

appartient au Second Empire d'Offenbach autant qu'au XIXᵉ siècle de la science. Il est parisien (et même Parisien) et cosmopolite; il se plaît dans son époque et avec ses amis, manifestant dans sa vie comme dans ses livres une cordialité généreuse, à peine ironique, qui est, pour le fond, celle-là même des hommes de lettres et de théâtre dont les livres et les répliques ont coloré une part du Second empire. Et il n'est pas douteux que le succès de Jules Verne trouve sa source dans cette bonne humeur railleuse, cette allégresse surveillée autant que dans le foisonnement de son imagination. A dix-sept ans, on le lit et on l'aime comme un guide fraternel, explorateur de contrées inconnues; on peut le retrouver plus tard sous les apparences, à peine désuètes, d'un camarade de cercle disert, d'un conteur inlassable, à l'invention fertile, au jugement rapide, véridique, sagement ironique. Reconnaître ces deux Jules Verne, c'est comprendre une des raisons de sa durable présence. Son succès est populaire, dans ce sens qu'il se nourrit d'une approbation générale, voire d'une manière d'affection dont les racines sont profondes. On l'aime moins gravement que d'autres, sans doute : Balzac, Hugo, Tolstoï, Flaubert, Zola nous tiennent et nous gouvernent. Jules Verne est un compagnon d'une autre race, et sa voix est moins haute mais elle est pleine et juste.

Et surtout, peut-être, elle s'installe dans une durée, dans un monde. Il y a en effet un monde de Jules Verne, extraordinaire et fraternel, ouvert sur l'imaginaire et d'une puissante ressemblance avec le réel. Ce monde il l'explore avec une rigueur inlassable dans la série des *Voyages extraordinaires* que nous venons de voir naître, et qui se poursuivra durant quarante années. Les jalons sont des titres connus : *Les Enfants du capitaine Grant* (1867), *Vingt mille lieues sous les mers* (1869), *Le Tour du monde en quatre-vingts jours* (1873), *L'Ile mystérieuse* (1874), *Michel Strogoff* (1876), *Les Indes Noires* (1877), *Un Capitaine de quinze ans* (1878), *Les Tribulations d'un Chinois en Chine* (1879), *Les Cinq Cents millions de la Bégum* (1879), *Le Rayon vert* (1882), *Kéraban le têtu* (1883), *L'Archipel en feu* (1884), *Mathias Sandorf* (1885), *Robur le*

Conquérant (1886), *Deux ans de vacances* (1888), *Le Château des Carpathes* (1892), *L'Ile à hélice* (1895), *Face au drapeau* (1896), *Le superbe Orénoque* (1898), *Un drame en Livonie* (1904), *Maître du Monde* (1904).

On ne peut citer toutes les œuvres ; mais le rapprochement de vingt d'entre elles suffit à évoquer les grands moments d'une réussite quasi continue que l'écrivain, on le sait, avait préparée (sinon prévue) de longue main. Cette préparation explique sinon la fécondité de Jules Verne, du moins une solidité que l'abondance menacera rarement : s'il n'a pas écrit seulement des romans de premier ordre, il n'a rien publié d'indifférent. Il avait une conscience artisanale (on en a la preuve, maintes fois répétée, dans ses lettres) et une dure exigence envers lui-même. Ses années de grande production sont, pour l'essentiel, organisées selon le travail en cours. Voyages, lectures, composition, se succèdent et surtout s'enchaînent.

En 1866, après ses premiers succès, il loua une maison au Crotoy, dans l'estuaire de la Somme, et bientôt acheta son premier bateau baptisé du prénom de son fils : le *Saint-Michel*. C'est une simple chaloupe de pêche, que quelques aménagements rendront propre à la navigation de plaisance ; un lieu de travail aussi ; un instrument de travail et de connaissance concrète : croisières sur la Manche, descente et remontée de Seine, c'est dans ces petits voyages que naissent peu à peu les voyages extraordinaires. Jules Verne ne se contente pas longtemps des fleuves et des côtes. En avril 1867, il part pour les États-Unis avec son frère Paul à bord du *Great Eastern*, grand navire à roues construit pour la pose du câble téléphonique transocéanien. Et au retour il se plonge dans *Vingt mille lieues sous les mers* dont il écrit une grande partie à bord du *Saint-Michel*, qu'il nomme son « cabinet de travail flottant ».

En 1870-1871, Jules Verne est mobilisé comme garde-côte au Crotoy, ce qui ne l'empêche pas d'écrire : quand la maison Hetzel reprendra son activité, il aura quatre livres devant lui. En 1872 il s'installe à Amiens, ville natale et familiale de sa femme. Deux ans plus tard il achètera un hôtel particulier et un vrai yacht : le *Saint-Michel II*. *Le Tour du monde en quatre-vingts jours* qu'il a porté à la scène avec la collaboration d'Adolphe d'Ennery, remporte un triomphe à la Porte-Saint-Martin (8 novembre 1874) où il sera joué pendant deux ans. Livres, croisières, vie bourgeoise : c'est un équilibre où le travail joue le premier rôle.

Le travail et l'argent : Jules Verne sait fort bien gérer le patrimoine littéraire que représentent ses romans — et leurs « suites ». La période de 1872 à 1886, disent ceux qui furent les témoins de sa vie, fut

l'apogée de sa gloire et de sa fortune.

Au calendrier des romans et des pièces (*Le Docteur Ox*, musique d'Offenbach sur un livret de Philippe Gille et Arnold Mortier, 1877 ; *Les Enfants du Capitaine Grant,* avec Adolphe d'Ennery, 1878 ; *Michel Strogoff, id.* 1880 ; *Voyage à travers l'impossible, id.* 1882 ; *Mathias Sandorf,* de William Busnach et Georges Maurens, 1887), il faut épingler quelques dates. Le grand bal travesti donné à Amiens en 1877 au cours duquel l'astronaute-photographe Nadar — vieil ami de Jules Verne et modèle de Michel Ardan, auquel il a donné par anagramme son nom — jaillit de l'obus de *De la Terre à la Lune...* L'achat d'un nouveau yacht, le *Saint-Michel III...* La rencontre en 1878 du jeune Aristide Briand, élève au lycée de Nantes[1], ses croisières en Norvège, Irlande, Écosse (1880), dans la mer du Nord et la Baltique (1881), en Méditerranée (1884). Son élection au conseil municipal d'Amiens sur une liste radicale que quelques biographes baptisent abusivement «ultra-rouge» (1889). Il a perdu son père en 1871, sa mère en 1887. Son frère Paul disparaîtra en 1897[2]. En 1902, il est atteint de la cataracte...

« Ma vie est pleine, aucune place pour l'ennui. C'est à peu près tout ce que je demande », a-t-il écrit dans les années de gloire et de santé.

En 1886-1887, après un drame dont on connaît peu de choses[3] et la vente de son yacht, il renonce à sa vie libre et voyageuse, et jette l'ancre à Amiens où il prend très au sérieux ses fonctions municipales. Le romancier et l'administrateur sont satisfaits l'un de l'autre. « Paris ne me reverra plus », écrit-il en 1892 à l'une de ses sœurs. 1884-1905 : les biographes de Jules Verne le montrent mélancolique, silencieux, et citent ces lignes d'une lettre à son frère (1er août 1894) : « Toute gaieté m'est devenue insup-

---

1. Jules Verne a nommé Briant un des personnages de *Deux ans de vacances.* On a commenté cette ressemblance des noms. Cf. Marcel Moré : *Le très curieux Jules Verne,* Gallimard, 1960.

2. Il avait publié chez Hetzel un livre sur les croisières accomplies avec son frère à bord du *Saint-Michel III : De Rotterdam à Copenhague* (1881).

3. Il fut blessé de deux balles de revolver par un jeune homme qu'on a dit atteint de fièvre cérébrale (?) et qui était, semble-t-il, un de ses neveux.

portable, mon caractère est profondément altéré, et j'ai reçu des coups dont je ne me remettrai jamais. » Mais à cette citation on pourrait en opposer d'autres, sans ombres. Et il est aventureux, pour le moins, de colorer tragiquement les dernières années de Jules Verne. Il travailla jusqu'à ce qu'il ne puisse plus tenir une plume. « Quand je ne travaille pas, je ne me sens plus vivre » dit-il en présence de l'écrivain italien De Amicis. Et il travaille, se passionnant pour les *Aventures d'Arthur Gordon Pym* d'Edgar Poe, l'un des auteurs qu'il admire le plus, depuis cinquante ans. Et il écrit la suite des aventures du héros américain : *Le Sphinx des Glaces*. Il écrira encore dix livres, avant de mourir le 24 mars 1905, dans sa maison d'Amiens.

III

Le premier livre consacré à notre auteur est celui de Charles Lemire : *Jules Verne* (Berger-Levrault 1908). Depuis cette date beaucoup d'ouvrages et d'innombrables articles ont paru en France et à l'étranger. Faute de pouvoir les citer tous, nous renvoyons le lecteur (désireux de mieux connaître Jules Verne) à la biographie minutieuse due à l'une de ses petites-nièces Marguerite Allotte de la Fuÿe : *Jules Verne,* publiée pour la première fois en 1928 (Simon Kra) et rééditée chez Hachette en 1953 et 1966. Signalons en outre l'ouvrage d'André Parménie et C. Bonnier de la Chapelle : *Histoire d'un éditeur et de ses auteurs.*

P. J. Hetzel. (Albin Michel, 1953) où l'on peut lire des lettres de Jules Verne. Le *Bulletin de la Société Jules Verne* (treize numéros de novembre 1935 à décembre 1938) contient des études et inédits du plus grand intérêt mais ne se trouve pas dans les grandes bibliothèques. Citons encore le numéro spécial de la revue *Arts et Lettres* (n° 15, 1948. Presses Littéraires, Paris) et le numéro de mai-juin 1955 de la revue mensuelle *Livres de France* (Hachette), consacré à Jules Verne. Enfin la Société Jules Verne a publié en 1956 un ouvrage d'Edmondo Marcucci : *Les Illustrations des voyages extraordinaires de Jules Verne.*

IMPRIMÉ EN FRANCE PAR BRODARD ET TAUPIN
58, rue Jean Bleuzen - Vanves -Usine de La Flèche.
LIBRAIRIE GÉNÉRALE FRANÇAISE - 14, rue de l'Ancienne-Comédie -Paris.
ISBN : 2 - 253 - 00631 - 9